NARRATORI MODERNI

Dello stesso autore in edizione Garzanti:

Con la morte non si tratta

Le cose che non ti ho detto

Rossoamaro

Colpi di coda

Il profumo delle bugie

LO SPAVENTAPASSERI

Ai miei vecchi compagni di studi e di lotta e a Tina,
che non ho fatto in tempo a conoscere com'era.

Interrogare il passato non serve a niente.
È al futuro che bisogna fare le domande.
Senza il futuro il presente è solo disordine.

Jean-Claude Izzo, *Chourmo*

Questa è un'opera di fantasia. Punto.

1.
L'AMICO CANDIDATO

«Minacce? Che genere di minacce?»

«Telefonate con il numero schermato che arrivano nel cuore della notte sul cellulare.»

Mi domando perché la notte non lo spenga, il telefono cellulare. Lo domando anche a lui.

«Se a squillare fosse l'apparecchio di casa, Katia si allarmerebbe. E anche mio figlio, il piccolo, finirebbe per svegliarsi.»

«Quanti anni ha?»

«Ventidue, frequenta il terzo anno di ingegneria.»

Piccolo un cazzo, penso, ma non glielo dico.

Quel nome, Katia, mi richiama alla memoria una giovane ginnasiale con i capelli a caschetto che assomigliava come una goccia d'acqua alla Valentina di Guido Crepax. Stesso corpo slanciato, stesse gambe lunghe. Un miraggio, la più bella del liceo. Ne eravamo tutti invaghiti, anche noi dell'ultimo anno. Appena arrivata si era subito intruppata nelle file del movimento, guadagnandosi il titolo di *Pasionaria* e finendo tra le braccia del capo carismatico, Cesare Almansi.

«Katia... la Pasionaria?»

«Sì, Katia Airoldi.»

«Non dirmi che l'hai sposata!»

«Dopo la maturità l'avevo persa di vista», spiega visibilmente compiaciuto. «Ci siamo ritrovati per caso nel 1982 e un anno dopo è diventata mia moglie.»

«E per tua moglie le chiamate sul telefono mobile sono meno allarmanti?»

Le sottili rughe che si irradiano sull'angolo degli occhi, quei meravigliosi occhi corvini alla Antonio Banderas che da ragazzo facevano impazzire le compagne di scuola, si stirano come allungate da un pensiero forse troppo imbarazzante per essere confessato dopo quarant'anni. Abbassa lo sguardo e bofonchia: «Dormiamo in camere separate».

Eccolo qui, Cesare Almansi, il mio amico candidato. Dopo una vita che non ci sentivamo mi ha chiamato al telefono e ha chiesto di vedermi «il più presto possibile, anche subito». Un'ora dopo era seduto nel mio ufficio, l'impermeabile bagnato e il viso scuro come questo pomeriggio di febbraio, uno dei tanti di un lungo inverno che ha allagato di pioggia e imbrattato di neve la città, violentando la sua natura mediterranea, rubandoci il sole e cospargendo i forti e le alture d'una nebbia densa come bitume.

Il tempo di compendiare vicende e disastri delle rispettive esistenze – le sue vicende e i miei disastri – ed è passato a spiegarmi la ragione che lo ha spinto a cercarmi.

«Una voce di uomo contraffatta, quasi metallica, ripete la solita solfa: "Ritìrati o sarà peggio per te".»

«Nient'altro?»

«Sì, quando ho risposto che non mi faceva paura, ha detto che stava a me scegliere tra un avvocato vivo e un senatore morto.»

«Vai avanti.»

Scuote la mano sinistra, un gesto che rivela un fastidio quasi impercettibile.

«Nient'altro. Quattro telefonate in quindici giorni.»

«Dunque subito dopo che ti hanno offerto la candidatura.»

«Una candidatura», aggiunge con un sorriso sbilenco, «dettata più dalla necessità che dall'entusiasmo. Gli serviva un nome al di sopra di ogni sospetto.»

«Ascolta, signor Faccia Pulita, ci sarà una ragione: stai pestando i piedi a qualcuno?»

Altro sussulto della mano, dove occhieggia un pallido anello nuziale.

«Oh, Bacci, ti ho detto di no.»

«Non sei nato ieri, un'idea te la sarai fatta.»

Scuote la testa e anche in quel gesto trapela un sottile fastidio.

«Niente di niente.»

Afferro la matita e comincio a rigirarla tra le dita e picchiettarla sul ripiano della scrivania. Poi lo fisso negli occhi, quegli occhi tenebrosi che facevano innamorare le ragazze.

«Perché non ti sei rivolto alla polizia?»

Forza un sorriso velato di ironia che mi fa sentire stupido.

«Non lo indovini?»

«No.»

«Supponi che sia una trappola. Un trucco architettato per sputtanarmi. La notizia finisce sui giornali e il tutto si rivela uno scherzo di cattivo gusto. Cosa penseranno gli elettori? Che sono un imbecille, un cagasotto o, peggio, che mi sono inventato tutto per farmi pubblicità.»

«La polizia, Cesare, non la stampa.»

«Da quando la polizia tiene il segreto con la stampa? Non dimenticare che faccio l'avvocato e che dopo il G8 ho difeso una decina di ragazzi che erano stati brutalizzati dai poliziotti.»

Già, Cesare Almansi è un avvocato controcorrente, il paladino dei deboli. Anche se ci siamo persi di vista, delle sue imprese ho letto sui giornali. Il potere, nelle cui stanze si appresta a entrare quasi di malavoglia, non lo ama e forse non lo vuole tra i piedi.

«La polizia potrebbe controllare i tabulati telefonici.»

Sorride di nuovo, un modo elegante per darmi di nuovo dell'imbecille.

«Per quelli non c'è bisogno della polizia. Ho amici fidati che hanno fatto i controlli del caso.»

«Risultato?»

«Le chiamate sono state effettuate da cabine telefoniche sparse nei più diversi luoghi della città.»

«Chi è a conoscenza di queste minacce?»

«Tutti i compagni dello staff. Alla seconda telefonata ho convocato una riunione e ho riferito quello che stava succedendo.»

Mi gratto la testa e lascio che lo sguardo si aggiri per la stanza, inseguendo un'idea impalpabile come il volo di una farfalla. L'idea mi sfugge e ripiego sulla domanda di routine.

«Cosa ti aspetti che faccia?»

«Indagare con discrezione, capire chi c'è dietro quelle chiamate notturne.»

«Tu però non mi dai nessun aiuto. La tua attività di avvocato degli sfigati e le tue battaglie ambientaliste sono la bandiera che ha indotto la coalizione a presentare uno come te, la coscienza immacolata estranea ai giochi della politica. Possibile che non nutri lo straccio di un sospetto? Qualche cordata di costruttori, affaristi, squali della finanza a cui potresti togliere l'osso?»

Scuote ancora il capo e trae un lungo respiro che mi segnala che la sua pazienza è al limite.

«Ci sono decine di personaggi, noti e meno noti, che con me si sono bruciati le dita. Schiavisti travestiti da imprenditori in nero, cementificatori d'assalto, industriali che scaricano merda nei fiumi, smaltitori di rifiuti tossici che ho portato in tribunale e che sono stati condannati a pagare indennizzi da capogiro. Qualcuno è anche finito in galera. Ma nessuno prima d'ora aveva mai minacciato di ammazzarmi.»

«Se fanno sul serio, è difficile non pensare alla malavita organizzata.»

«Malavita organizzata?» risponde incredulo.

«Camorra, 'ndrangheta, fai tu.»

Inarca le sopracciglia, protende in fuori il labbro inferiore e il volto compone una maschera di scetticismo. Quasi vivesse sulla luna. Uno che per mestiere e per missione non fa che rompere le uova nel paniere al crimine legalizzato, mi guarda mentre parlo di crimine organizzato come se farneticassi.

«Cazzo, Cesare», sbotto, «non devo spiegarlo a te che dietro certi affari c'è la mafia...»

Scuote per la terza volta la testa, sereno, olimpico. I semidei come lui si sentono al di sopra delle meschine congetture dei ratti da carruggi come il sottoscritto. Anche quando si tratta di minacce di morte sussurrate al telefono alle tre del mattino.

«Non ci credo, Bacci. È inverosimile.»

Inverosimile.

Forse è tempo di fermarmi. Che non voglia o non sappia fornirmi altre informazioni non cambia di una virgola la mia scomoda posizione di scalcinato investigatore privato che non può dire di no a un amico conosciuto quarant'anni prima sui banchi del liceo classico Cristoforo Colombo di via Bellucci.

Il primogenito del grande Aristide Almansi, principe del foro di Genova, uno dei pochi democristiani integerrimi della stagione in cui mio padre lavorava come operaio al Meccanico di Sampierdarena, fiero di avere un figlio che stava per conseguire la maturità classica a pieni voti. Il primo a fregiarsi d'un diploma liceale nella storia della famiglia Pagano. Cesare invece passava su quei banchi di legno preceduto da almeno sei o sette generazioni di Almansi che ci avevano posato il culo.

Eppure eravamo diventati amici e studiavamo insieme quasi ogni giorno. Qualche volta veniva a casa mia, in via del Colle, ma più spesso ero io ad andare da lui, in un attico che occupava l'intera superficie di un palazzo tardo-ottocentesco della circonvallazione a monte, dal quale si vedevano il porto, il mare e, nelle giornate fredde di tramontana, si scorgeva un puntino grigio perso nell'azzurro, sormontato da una nuvola bianca. L'ombra incerta della Corsica.

Era appena scoppiato il Sessantotto ed entrambi indossammo l'eskimo di ordinanza e cominciammo a danzare la pantomima della rivoluzione. Lui dismise i calzoni corti da collegiale oxfordiano, che sotto l'eskimo non facevano pendant, e provò a mimetizzarsi tra le bandiere rosse del movimento, che a quel tempo era ancora un magma fluido senza guida né servizi d'ordine. Di lì a poco tempo quella spinta generosa a cambiare il mondo avrebbe perduto la verginità e sarebbe implosa in una diaspora di consorterie e gruppuscoli – maoisti trotzkisti luddisti e quanti altri ancora –, ciascuno a propugnare la propria personale via al socialismo, adottando nuovi padri putativi meno compromessi di quelli naturali, e a racimolare la propria miserabile freguggia di potere.

L'inizio della fine.

Una stagione breve che entrambi, negli anni a venire, avremmo ricordato con nostalgia, la prima occasione perduta della nostra vita.

«Dimmi una cosa», borbotto. «Pensi ancora a quei tempi come all'Eldorado che poteva riscattare i mali della storia?»

Scrolla le spalle e mette su un'espressione criptica, da giocatore di poker che in mano non ha nemmeno una coppia.

«Perché no?» Poi mi scruta da sotto in su, con l'aria di saperla lunga. «E tu?»

«Cesare, io ci ho lasciato le penne. Se non c'era tuo padre mi facevo dieci anni di galera.»

«Te ne sei fatti la metà.»

«Sì, gli devo cinque anni della mia vita.»

«Dove vuoi arrivare, Bacci?»

«Forse l'Eldorado ce lo siamo sognato. Forse non è mai esistito.»

«Che vuoi che ti dica?» sospira stringendosi nelle spalle. «Come vedi, io sono ancora qui, in trincea.»

«D'accordo», replico esalando a mia volta un lungo, sofferto respiro. «Vedrò cosa posso fare.»

Ora sorride, lo stesso sorriso infantile di quando indossava l'eskimo. Anche gli occhi ridono insieme alla bocca, dove brilla una corona di denti regolari e smaglianti. La faccia è pallida e tirata ma continua a emanare il fascino dei bei giorni andati.

«Allora aspetto notizie, insieme al tuo onorario», dice in tono conclusivo. «Venerdì sera ci sarà una fiaccolata nei carruggi, è una iniziativa elettorale voluta dai miei in disaccordo con il partito-guida della coalizione. Molti di loro non gradiscono che io acquisti troppa visibilità.»

«Gli outsider non sono mai stati amati dagli apparati.»

«Soprattutto quando le loro idee entrano in rotta di collisione con gli interessi dei comitati di affari che li sostengono. Voglio farti conoscere il mio staff.»

Faccio un segno di assenso, poi lo correggo: «Nessun onorario, Cesare. Ti devo un grosso favore».

Aggrotta le sopracciglia, contrariato.

«Se mai lo devi al quel grand'uomo di Aristide, che purtroppo non c'è più. Sapessi quanto mi mancano in questo frangente i suoi consigli e il suo sostegno. E poi il lavoro è lavoro e va pagato. Non è quello che sosteniamo da sempre?»

«Per difendermi davanti alla corte d'appello lui non volle una lira. I compagni del partito comunista insistettero e mio padre quasi si offese. Accettare che il figlio fosse difeso gratis da un democristiano...»

«Noi stiamo dalla stessa parte, no?»

«Appunto. Nessun onorario. Ma dimmi un'ultima cosa.»

Si protende sulla scrivania e mi ascolta con una espressione così seria da apparire buffa. La luce scarsa di un inverno che sembra non finire più spiove dalla portafinestra del mio ufficio e accarezza la sua chioma appena spruzzata di bianco.

«Come mai, dopo il liceo, ci siamo persi io e te?»

2.
LOU

L'aria è gelida e morde il viso e le mani nude. La tramontana che soffia dai forti illuminati si ficca nei carruggi della città vecchia e agita la fiamma delle torce sollevate sopra le teste imbacuccate dei manifestanti. Proiettano i loro bagliori rossastri sui muri scrostati e sul selciato, quasi evanescenti presenze che danzano inquiete nella notte.

Nonostante questo clima di buriana, stasera alla fiaccolata c'è un mare di gente. Palloncini colorati, coccarde e cartelli esibiscono scritte che rivendicano la politica come servizio e la partecipazione come formidabile antidoto contro corruzione e malaffare.

Cesare, dopo avermi informato che ieri notte è arrivata un'altra telefonata, mi ha voluto al suo fianco in testa al corteo. Me lo ha chiesto con tanta insistenza che ho dovuto accondiscendere e domani mi ritroverò sbattuto in prima pagina sul «Decimonono» nello squallido ruolo di gorilla guardaspalle.

Molti negozi sono rimasti aperti e un popolo vociante composto da uomini e donne di tutte le età cammina, si ferma nelle piazzette che si aprono improvvise in un carruggio, entra nei bar alla ricerca di un provvisorio tepore e del conforto di una cioccolata calda, una grappa o una toilette. Mi colpisce il grande numero di giovani e giovanissimi. Forse sono venuti a coltivare un'impossibile speranza rianimata dal nome di Almansi.

LUCI NELLA NOTTE PER ALMANSI SENATORE recita il volantino che ha lanciato la manifestazione. Chissà chi avrà inventato uno slogan così stupido. Poi ripenso alla mia giovinezza e mi dico che le speranze senza rimedio sono la specialità di quell'età della vita. Il modo più facile per farsi del male senza soffrire troppo, rimandando a un futuro dipinto di rosa i crudi rendiconti dell'esistenza.

«I veri reduci sono loro», sussurro a Cesare indicando un gruppo di ragazze che avranno l'età di mia figlia. Stanno improvvisando un allegro girotondo intabarrate nei loro giacconi e forse hanno bevuto qualche birra di troppo.

«Reduci?» replica. «E di quale guerra?»

«La peggiore. Quella del silenzio.»

Al suo fianco, un uomo un po' più vecchio di noi, alto e robusto, lo segue come un'ombra. Me lo ha presentato e ci siamo salutati con una cordiale stretta di mano. È Alberto Parodi detto Berto, ex campione di boxe francese. È stato amico di suo padre e ora lo trasporta con lo scooter da un appuntamento all'altro a tempo di record.

Vicino a Berto incede con falcata da escursionista una donna segaligna, il volto segnato da rughe profonde come crepe e gli occhi accesi e volitivi che sembrano guardare attraverso le persone. Porta i capelli grigi tagliati corti, una giacca a vento rossa, calzoni e scarponi da trekking e mantiene verso gli altri un distacco che sembra dettato non da alterigia, ma da un'assidua pratica del silenzio e della solitudine. Non l'avrei mai riconosciuta se Cesare non mi avesse caldamente invitato a salutarla.

È sua moglie Katia, la Pasionaria del liceo Colombo.

Nell'abbracciarla urto contro la sua rigidità, un agglomerato di muscoli e ossa che mi ricorda un albero rinsecchito dal tempo e dalla siccità, e ripenso alla ragazza di allora, la Valentina che calamitava occhiate e desideri inconfessabili con le sue gambe lunghe perennemente in vista sotto minigonne tanto colorate quanto esigue.

Mi dico che in casa Almansi il segno degli anni non si è distribuito seguendo il principio dei vasi comunicanti, anche se la sua presenza alla manifestazione testimonia che la Pasionaria, per quanto dormano in camere separate, continua ad appassionarsi alle sorti del marito non meno che a quelle del mondo.

Dietro di lei, le mani infilate nelle tasche, cammina un ometto sui cinquant'anni, incravattato e ingessato nel suo cappotto grigio che gli cade a pennello. Occhialini dorati, baffi neri ben curati, indossa un cappello a tesa larga che mi ricorda i fumetti di Dick Tracy che leggevo da bambino. Anche lui mi è stato presentato con nome e cognome, Luigi Orengo, assessore regionale a chissà che. Da quanto ho capito, un pezzo grosso del partito imbarcato sulla scialuppa di salvataggio chiamata Almansi.

Si è accorto che in strada le facce non sono quelle dei soliti noti e sul suo volto arrossato dal freddo brilla una luce di ammirata soddisfazione.

«Un vero successo. Che ne pensa signor Pagano?»

«Di cosa?»

«Della fiaccolata. Chi l'avrebbe detto, con questo gelo...»

«Avrebbe detto cosa?»

Cesare mi dà di gomito. Non gradisce la mia spigolosità, forse teme che cominci ad attaccar briga.

«Chi si aspettava tanta gente, in una notte da lupi come questa?»

«Questo è il vostro problema, Orengo.»

«Prego?»

«Non ci credete più e non ne azzeccate una. Vi siete così allontanati da quelli che volete rappresentare, che finite per stupirvi dei vostri stessi successi.»

Mi guarda contrariato e sta per replicare quando ci viene incontro una donna alta e robusta come un camallo, che abbraccia l'avvocato e grida esultante: «Hai visto che folla, boss? Sarai contento!».

Poi incrocia il mio sguardo con aria interrogativa.

«Bacci Pagano», si affretta a presentarmi Almansi. «Un vecchio compagno di liceo che ha ritrovato il gusto della politica.»

«Piacere, Carla Benzi. Faccio parte dello staff.»

«La responsabile dell'organizzazione», precisa lui.

Ho già stretto decine di mani di uomini e donne di cui ho dimenticato nome e incarico. Tutti volontari del comitato che sostiene il mio amico candidato, al quale hanno affibbiato il nomignolo di *boss* per via della sua passione per la musica di Springsteen.

Un assortimento di ordinaria umanità, operai, professionisti, impiegati, insegnanti, giovani disoccupati, precari in odore di mezza età e qualche studente universitario.

Ho intuito che lo zoccolo duro è costituito da vecchi militanti del partito comunista che avevano abbandonato la politica per delusione o stanchezza. Il boss li ha risvegliati, come uno stregone rievoca gli spiriti dei morti, restituendogli l'orgoglio di un senso di appartenenza che languiva in stato vegetativo.

Arriviamo in via del Campo, davanti a quella che fu la bottega di Gianni Tassio, dove un gruppo di trans seminude balla sulle note della canzone che De André ha dedicato a Cutolo, il camorrista che passava per gentiluomo.

Ah che bell'o cafè
pure in carcere 'o sanno fa'
co' 'a ricetta ch'a Ciccirinella
compagno di cella
ci ha dato mammà.

Qui incrociamo un altro fedelissimo dello staff.

«Ecco Maso», annuncia Almansi. «Le migliori idee della campagna germogliano nella sua testa.»

Penso allo slogan del volantino e mi sfugge un sorriso che nessuno nota.

Francesco Masini detto Maso in città è un personaggio noto. Un «creativo», come si dice oggi. Insegna design all'università, scrive poesie, è esperto di web e non disdegna di comparire in trasmissioni televisive frivole per largire le sue perle di saggezza. Dopo avere salutato il boss, mi si accosta e mi afferra la mano fissandomi negli occhi con insistenza. Veste eccentrico, uno sgargiante cappotto color senape e una lunga sciarpa blu elettrico, in testa il basco copre una candida chioma che fluisce morbida fin sulle spalle.

«Ma che bel ragazzone ti sei portato dietro, Cesare. È il tuo cane da guardia?»

«Si chiama Bacci Pagano, eravamo compagni di scuola.»

«Beato te che avevi compagni di scuola come lui! I miei erano pieni di brufoli e si ammazzavano di seghe sbirciando le gambe della vicina di banco.»

«Lo so che avresti preferito che lo facessero guardando il tuo fondoschiena.»

«Il mio fondoschiena, stronzetto, non ha mai avuto di che lamentarsi.»

«Metti insieme due uomini», mi sussurra Carla Benzi, «e puntualmente finiranno per parlare di calcio o di sesso.» Poi, rivolta agli altri. «Vi ricordo che questa è una manifestazione pubblica e che lo stile del nostro senatore è improntato al politicamente corretto. Le battute da caserma riservatele a quando siete soli in intimità.»

«Senti la beghina travestita da femminista», ribatte Maso portando la mano sugli occhi. «Ti sei scordata che il senatore si è battuto per i diritti dei gay?»

«E voi dimenticate che a oggi il senatore è solo un avvocato?» interviene Almansi.

«Un avvocato che vola in tutti i sondaggi.»

«Non mi sono mai fidato dei sondaggi.»

«Via, Cesarino», lo rimbrotta Maso, «prova a lasciarti

andare e cerca di crederci un po' anche tu. Non hai visto quanta gente è venuta stasera?»

Maso non ha tutti i torti. Percorrendo via del Campo incrociamo una quantità di sconosciuti che si complimentano con il boss come se avesse già vinto. Abbracci, strette di mano e pacche sulle spalle non si contano.

All'altezza di Porta dei Vacca un uomo fin troppo elegante, smisuratamente grasso, attraversa la strada e ci viene incontro. Ha una strana andatura, come se ondeggiasse e zoppicasse, che mi evoca un'impressione di déjà vu. Si rivolge ad Almansi parlandogli in tono confidenziale.

«Cesare, amico mio. Quanto tempo è passato dall'ultima volta che abbiamo cenato insieme!»

Questi gli porge la mano e nel gesto colgo un'impercettibile esitazione, quasi stesse per inciampare.

«Ciao», replica. «Forse dieci, dodici anni?»

«Quattordici, mio caro. Ti hanno riferito che anch'io ho voluto fare la mia parte? Non sono il tipo che dimentica i vecchi amici, anche dopo tanto tempo.»

Cesare risponde freddo, lo sguardo obliquo e sfuggente.

«Lo so e ho visto la cifra. Ti ringrazio, abbiamo un disperato bisogno di fondi...»

«Uomini come te sono quello che ci vuole per salvare questo paese dallo sfascio», replica l'altro sfiorandomi con un'occhiata scivolosa, mezzo furtiva. «Ho fatto solo quello che mi sembrava giusto.»

Lo osservo e mi convinco di averlo già visto, ma in questa confusione sarà la centesima faccia che spunta dalle nebbie del passato, in un minestrone della memoria nel quale non mi raccapezzo più. Alla mia età non puoi vederti srotolare davanti quarant'anni di vita e pretendere di riconoscere tutti.

Almansi sembra sulle spine, sguscia via dal suo grasso finanziatore senza neanche presentarci e attraversa via delle Fontane per infilarsi in via Prè. Anche qui i negozi sono quasi tutti aperti, ma non per fare festa al candidato dalla faccia pulita.

La casbah non conosce orari di chiusura. I supermarket indiani e africani esibiscono le loro merci, sapiente mix di prodotti esotici e specialità locali – papaya e torte pasqualine, riso basmati e sugo di noci Novella – e gli ordinari generi di consumo confezionati dalle multinazionali della gastronomia globale. Il vicolo è illuminato dai numerosi phone center e Internet point che fanno affari d'oro grazie al richiamo irresistibile della nostalgia. Le rosticcerie dove si cuociono kebab e falafel spantegano odore di carne grigliata a coprire fragranze di cannabis e piscio stagnante che impestano l'aria. Pure i negozi di cosmetici esotici non chiudono mai, forse per soddisfare le necessità delle giovani prostitute nigeriane che fin dal mattino fanno la posta davanti ai portoni e agli scagni acquistati cash dall'industria del sesso a ore. A dar luce al vicolo anche qualche emporio che smercia paccottiglia cinese, dall'abbigliamento alle valigie alla bigiotteria da quattro soldi.

Il popolo della casbah sembra curioso e divertito dall'invasione chiassosa dei manifestanti. Anche i giovani spacciatori marocchini salutano il fumo delle fiaccole come se fosse quello delle canne che gli danno da campare. Qualcuno saluta con la mano, altri vedono una bandiera rossa e gridano «Compagni! Compagni!», qualcuno prudentemente si rintana in un portone.

Finalmente arriviamo ai trogoli di Santa Brigida, dove Almansi chiuderà la manifestazione con un breve comizio. I locali sono stipati di folla. Una band di giovanissimi rockettari ha appena finito di suonare *Born in the USA*, forse in omaggio ai gusti musicali del candidato.

Per l'intero tragitto mi è stato incollato addosso, quasi non volesse essere lasciato solo. Ho pensato che avesse paura. Ora invece si muove tranquillo in mezzo alla folla e finisco per perderlo di vista. All'improvviso mi sento afferrare per un braccio, mi volto di scatto e me lo trovo a pochi centimetri dalla faccia, fino a respirare il suo fiato che profuma di anice. Deve essersi fatto una sambuca per carburare prima del comizio.

«Vieni», dice, «ti presento Lou.»

Lo guardo senza capire e allora spiega: «La responsabile dell'ufficio stampa».

Mi trascina davanti a un bar dove la calca impedisce di entrare. C'è un capannello di donne, una bionda mi dà le spalle e non riesco a vederla in viso, ma noto che da un orecchio le pende un filo collegato al telefono cellulare.

«Lou, questo è l'amico di cui ti ho parlato.»

Si volta e il presagio che stia per succedere qualcosa si tramuta in una scossa elettrica che mi fa sussultare.

Due grandi occhi azzurri, due squarci feroci di cielo che guardarli fa quasi male. Appena li incrocio, mi sento un uccello in volo che all'improvviso avverte un'ala spezzarsi e perde quota. Mi sorride e le labbra si aprono come un baratro davanti a me. Mi apostrofa con una voce rauca che attraversa l'aria con la fragranza d'un profumo o d'una musica familiari, saturi di memoria e desiderio.

«Dunque lei è Bacci Pagano, il detective.»

Vorrei rispondere, ma riesco solo ad annuire.

Si toglie l'auricolare e lo ripone nella borsa, quindi mi tende la mano con un gesto deciso, di stampo cameratesco.

«Il mio nome è Lou Suárez.»

Avverto il contatto freddo delle sue dita, dita minuscole, quasi di bambina, come di bambina è il sorriso che continua a inchiodarmi alla mia inettitudine. La sento, la sua mano immobile e morbida, acquattata nel palmo tiepido della mia. Quasi volessi trattenerla, perché non voli via e non mi lasci per sempre, mi forzo a dire qualcosa. La prima che mi salta in testa.

«Lu come... Luciana? Lucrezia? Ludmilla?»

«Lou Andreas.»

«Lou Andreas come...»

«...l'amante di Rilke che fu allieva di Freud.»

«Ah», replico, racimolando fumosi ricordi sulla figura di Lou Andreas-Salomé. Ma non mi esce altro.

Con delicatezza, lentamente, si sfila dalla mia presa.

«Il pegno che ho dovuto pagare al destino di avere una madre psicoanalista.»

Finalmente il primo guizzo che mi scolla la lingua dai denti.

«E il señor Suárez? Psicoanalista anche lui?»

Scuote il capo e la folta chioma bionda, scompigliata dalla tramontana, per un attimo le copre il volto. Con un gesto rapido la riporta di lato, fin dietro l'orecchio. Mi accorgo che non indossa orecchini.

«El señor Suárez avrebbe fatto meglio a sdraiarsi lui sul lettino, ma gli è sempre mancato il coraggio. Ha preferito rincorrere tutte le sottane che gli passavano vicino.» Una breve pausa, poi riprende: «Mia madre è italiana, mio padre argentino. Io sono nata a Buenos Aires ma vivo qui da quando avevo due anni».

Mi domando come sia potuto accadere. Avrà superato i quaranta, anche se sembra più giovane. Come è successo che non ci siamo mai incontrati?

«E lei, signor Pagano?»

«Io cosa?»

Mi prende sottobraccio e mi trascina verso il centro della piazzetta, in prossimità dei vecchi trogoli, in un territorio incontaminato dove lei possa parlarmi in privato e io possa finalmente coltivare l'illusione d'essere solo con questa magnifica donna della quale non so quasi niente, se non che nelle vene le scorre sangue spagnolo riciclato oltreoceano e scienza infusa psicoanalitica, la stessa praticata da Mara, la mia ex fidanzata.

Solo ora mi accorgo che il mio amico candidato si è volatilizzato e anche il resto della brigata – Berto, Carla Benzi, Orengo, Maso e qualche altro migliaio di persone – è scomparso ingoiato dagli occhi cerulei della signora Suárez.

«Almansi mi ha raccontato tutto», bisbiglia.

«Beata lei, a me non ha raccontato nulla.»

«Non le ha detto delle minacce?»

Annuisco e svio il discorso.

«Che ne dici di darci del tu?»

«Perché no?» ammicca maliziosa. «Tra compagni si fa così, no?»

«Una parola, *compagni*, che non sentivo pronunciare da un secolo.»

«E dove sei stato, in tutti questi anni?»

Vorrei rispondere che a guardarla mi sembra di avere sprecato il mio tempo in un limbo dove tutto ho fatto fuorché *vivere*. Invece dico: «A grattare le rogne dei disperati che si rivolgono agli investigatori privati».

«Però non mi hai risposto.»

«Forse mi sono perso il quesito.»

«Eh già», sussurra con gli occhi incollati ai miei. «Sarà volato via col vento... Che genere di investigatore sei?»

«Vuoi sapere se assomiglio a Philip Marlowe o a Pepe Carvalho?»

«Immagino al secondo, afflitto da un'inguaribile nostalgia.»

«Che ne sai tu?»

Apre la borsa a sacca e comincia a frugarci dentro.

«Mi è bastato sentire con quanta malinconia hai accennato alla scomparsa della parola *compagno*.»

«La pronunciava sempre mio padre.»

«Ecco un altro che non si scolla dal passato. I supporter di Cesare Almansi sono tutti ammalati di nostalgia.»

«Posso farti una domanda personale?»

«Prego.»

«Sei sposata?»

«Conosci Amin Maalouf?»

«Lo scrittore libanese?»

«Proprio lui. Hai letto il romanzo *I disorientati*?»

«No, ho letto *Le Rocher de Tanios*, quello che ha vinto il Goncourt. Fidanzata?»

«Se fossi in te lo leggerei.»

«Frequenti qualcuno?»

«Maalouf sostiene che della scomparsa del passato ci si consola facilmente. È dalla sparizione del futuro che non ci si riprende.»

Finalmente sembra avere trovato quello che cercava. Mi porge un biglietto da visita.

«Come devo interpretarlo?»

«I numeri di telefono non si interpretano. Si digitano o si dimenticano.»

Non so dove posare lo sguardo e d'impulso alzo gli occhi al cielo. Oltre la luce soffusa che aleggia sopra i trogoli di Santa Brigida, il taglio affilato della luna lacera il nero come una ferita di coltello. Gobba a ponente luna crescente.

Quando torno ad abbassare lo sguardo mi do del coglione. Lei non c'è più. Scomparsa. Se non mi fosse rimasto tra le dita il suo biglietto dubiterei che sia mai esistita.

3.
PASSATO, PRESENTE, FUTURO

Mi risveglio con un cerchio alla testa e le orecchie che ronzano. Eppure ieri sera ho bevuto solo un bicchiere di Lagavulin, giusto per cavarmi il freddo dalle ossa e riprendermi dalla botta dell'incontro con Lou. Mi trascino sotto la doccia e mi lascio irrorare dal fiotto d'acqua bollente.

Cerco di ricomporre le minuzie che ho raccolto e di trovare un filo in questa indagine senza capo né coda. Ma ogni sforzo va a vuoto perché l'onda dei pensieri mi rimanda di continuo l'immagine della bionda.

Mentre sorseggio il caffè, avvolto nell'accappatoio umido e seduto al tavolo del soggiorno, rigiro fra le mani il biglietto da visita che mi ha allungato prima di svanire nella folla. Seguo il suo consiglio e non interpreto. Neanche lo leggo, mi limito a palparlo come ho fatto con la sua minuscola mano fino a quando non si è sfilata dalla mia.

Da quanto tempo una donna non mi faceva questo effetto?

Ripenso agli ultimi anni trascorsi in solitudine e mi ritorna alla mente il periodo del carcere. Anche allora precipitato in un'astinenza forzata a cui la masturbazione dava un effimero sollievo che sedava le urgenze della carne senza lenire le piaghe dell'anima. Ma allora fuori c'era Clara, la mia ex moglie, ad aspettarmi. E davanti una vita della quale non vedevo i confini.

Negli ultimi anni, niente di tutto questo.

Avere aperto l'album di famiglia mi ha scaraventato in un buco di disperazione che non ha nemmeno avuto il pregio di rendersi riconoscibile. Avrei voluto trovarle un nome, ma l'unico che mi veniva, *depressione*, mi faceva paura e lo evitavo come la peste.

La scoperta degli eventi terribili che avevano preceduto il matrimonio dei miei genitori ha bruciato la mia voglia di vivere e ho temuto che fosse per sempre.

Mia madre si chiamava Clotilde Canepa, ma tutti da ragazza la chiamavano Tilde. Nel 1944 lavorava alla mensa dello stabilimento Ansaldo Fossati di Sestri Ponente ed era entrata nella Resistenza come staffetta partigiana. Dopo essere stata catturata dai fascisti aveva avuto una relazione con un ufficiale della Wehrmacht e ne era nato un bambino, *mio fratello*, che ha vissuto in Germania allevato dagli zii. Quando è venuto a cercarmi non lo ha fatto per conoscermi, ma per farmela pagare. La relazione di Tilde con il colonnello Hessen era stata voluta dal comando dei gruppi di azione patriottica per estorcere informazioni al nemico.

I miei si erano fidanzati due anni prima, poco più che ventenni, quando la sirena dell'allarme antiaereo suonava quasi ogni notte. Mio padre si chiamava Guido. Era alto e smilzo e faceva parte del gruppo armato del comandante Grandi – che lo considerava uno dei suoi uomini migliori – con il nome di battaglia di Biscia. Toccò a lui giustiziare una giovane donna ritenuta per errore una spia dei nazisti. Mia madre venerava quella donna e non glielo ha mai perdonato. Né lui le ha perdonato la relazione con il tedesco alla quale, forse, fino all'ultimo lei aveva sperato che il suo fidanzato si opponesse.

Il colonnello Hessen morì nell'attentato del cinema Odeon e probabilmente Tilde non fece nulla per salvarlo.

La guerra è fatta così, inscrive la ferocia nel quotidiano fino a renderla ordinaria, normale. E anche i confini tra l'odio e l'amore diventano liquidi quando la vita e la morte non si distinguono più.

Eppure, dopo avere partorito e abbandonato il bambino vicino a Salò, mia madre tornò a Genova e nell'agosto del '45 sposò il partigiano Biscia. Sono sicuro che fino alla fine dei loro giorni – con il sottoscritto in galera per un'accusa fasulla di terrorismo – non parlarono di quello che era accaduto. Neanche una parola.

Ho appreso questa storia tre anni fa. E da allora non ho smesso di domandarmi se lei avesse amato il tedesco – che sicuramente la amava – o si fosse limitata a eseguire gli ordini. E se in me avesse mai rivisto il bambino del quale non sapeva più niente. Mi sono chiesto perché avessero deciso di sposarsi e che cosa nutrisse la loro unione.

Domande rimaste lettera morta e una sola, agghiacciante certezza. Avevo capito da dove veniva la *mia* rabbia, e quale era stata la *mia* guerra, quella di un'infanzia e una giovinezza costellate di sguardi e gesti indecifrabili, dolore senza parole e conti lasciati in sospeso. E avevo anche compreso, finalmente, perché avevo scelto questo sporco mestiere che, prolungando all'infinito quella guerra, le conferiva un riscontro tangibile che restituiva all'angoscia e alla precarietà un contorno e un fondamento reali.

Gli spettri fanno di gran lunga più paura dei criminali in carne e ossa.

Sì, la scoperta della vicenda che aveva preceduto la mia nascita mi ha rubato la voglia di vivere e ho temuto che fosse una volta per tutte. E invece ecco arrivare la bionda Lou e sentire che il sangue torna a circolare nelle vene. Come un mantra sento risuonare le sue parole e mai come adesso mi sembrano dannatamente vere.

Della scomparsa del passato ci si consola facilmente. È dalla sparizione del futuro che non ci si riprende.

Mi assale un'incontenibile voglia di comporre il suo numero.

I numeri di telefono non si interpretano. Si digitano o si dimenticano.

E i biglietti da visita si porgono alle persone da cui ci si aspetta di essere richiamati. Ma sento che è troppo presto, ho bisogno che questa inquietudine si plachi prima di parlare con lei.

Allora decido di mettermi al lavoro e concentrarmi sulla richiesta di aiuto di Almansi.

Agguanto il telefono e chiamo Domenico Ratti, un vecchio compagno di mio padre che è stato deputato al parlamento e col quale ho mantenuto un rapporto di affetto che, negli anni, mi ha aiutato a sentirmi meno orfano. Di lui posso fidarmi.

Ha abbandonato la politica e con la sua lauta pensione vive in un luminoso appartamento affacciato sul Porto Antico, che ha acquistato per pochi milioni di lire quando nel centro storico non voleva abitarci nessuno. Non si stanca di ripetere che lui è stato comunista e non se ne vergogna e che di morire liberale non vuole saperne, ma conosce bene il partito e gode del rispetto degli attuali dirigenti, i cosiddetti quarantenni.

L'apparecchio squilla a lungo prima che la sua voce burbera risuoni nella cornetta.

«Pronto?»

«Ciao Ménego, sono Bacci Pagano.»

Dopo i consueti preliminari, l'elenco interminabile di acciacchi della vecchiaia e le considerazioni sulla situazione politica – anche lui appartiene alla malinconica brigata dei malati di nostalgia così invisi alla signora Suárez – veniamo finalmente al punto.

«Dimmi di Cesare Almansi.»

Una risata rauca piena di allegria.

«Ho visto stamattina la fotografia sul “Secolo”. Camminavi al suo fianco alla fiaccolata dei carruggi. Hai deciso di darti alla politica?»

«Che opinione hai di lui?»

Un silenzio, tra sorpreso e riflessivo. Quindi sentenzia: «Nel disastro generale è l’unica persona che merita».

«Potrebbe diventare senatore.»

«I compagnucci della parrocchietta non faranno salti di gioia. Lo hanno messo in lista per attirare voti, non certo per farlo uscire.»

«Ma se attira voti rischia di essere eletto.»

«Glielo auguro», afferma con convinzione. «È il solo che potrebbe metterli alle strette.»

«Hai idea di quali progetti porterebbe in parlamento?»

«Dipenderà dagli incarichi che gli attribuiranno. Come avvocato si è occupato di diritti del lavoro, specialmente degli immigrati, e di tutela del paesaggio e dell’ambiente. E direi con eccellenti risultati. Del resto, buon sangue non mente. Chi era suo padre non devo certo spiegarlo a te.»

«Mi servono informazioni più precise.»

«Posso chiederti perché?»

«No.»

Sbuffa e replica contrariato: «Ho capito, segreto professionale. Voi investigatori privati siete quasi come i preti e gli psicoanalisti».

«Quasi?»

«Sicuro, perché le clienti ve le scopate lisce come l’olio.»

«E tu come lo sai?»

«Me lo ha detto una giovane amica che si è rivolta a un tuo collega perché temeva che il figlio si drogasse.»

«Per scopare bisogna essere in due. Non vedo nessuna violazione del codice deontologico.»

«Comunque Almansi non è tuo cliente.»

«Come fai a dirlo?»

«Altrimenti le informazioni le avresti chieste a lui.»

«D'accordo, stabiliamo che non sia mio cliente. Quanto tempo ti occorre per dirmi qualcosa?»

«Entro stasera ti telefono. Ti trovo a casa?»

La sua proverbiale allergia per i telefoni cellulari. Sarò a casa stasera? L'occhio ricade sul biglietto da visita di Lou.

«Non so», farfuglio. «Meglio che chiami io. Intorno alle otto.»

«Bene, ci sentiamo alle otto.»

Mi vesto e indosso la pesante giacca di montone, preso da un'irresistibile voglia di uscire di casa. Chissà che passeggiare per la città vecchia non riesca a placare questa irrequietezza che non mi fa stare più nella pelle. Magari mi aiuta a riordinare le idee e trovare il bandolo di un incarico che mi sembra quasi una finzione, un gioco studiato apposta per darmi modo di restituire un antico favore.

Mia figlia è partita per Chiavari, rassegnata a cedere al pressing di sua madre, dove ha promesso di fermarsi una decina di giorni. Clara quando ci si mette è peggio di un martello pneumatico. Erano diverse settimane che, con la scusa di preparare gli esami, Aglaja non trascorreva il weekend nella cittadina dove la mia ex moglie e il suo nuovo marito coltivano il loro tran tran quotidiano, annidati in una villetta con giardino dove neppure le rose riescono a tingersi di colori accesi.

A casa non mi aspetta nessuno e posso spendere le ore di questo sabato lùvego e freddo facendo quello che mi pare. Provare ad assaporare una libertà che negli ultimi anni mi è sembrata inservibile come un assegno scoperto.

Mentre sto per uscire passo davanti alla libreria del soggiorno.

Quasi quasi – mi dico – mi butto in un bar e comincio a rileggere un vecchio libro, di quelli che in passato mi hanno lasciato qualcosa. Da qualche parte dovrò pur cercarla l'ispirazione che mi tiri fuori da questo casino e mi indichi una via di uscita.

Faccio scorrere a caso l'indice sul dorso dei volumi e mi fermo su un romanzo che ho già letto almeno due volte, *Chourmo* di Jean-Claude Izzo. È un piccolo tascabile, lo estraggo dallo scaffale e lo infilo nella tasca interna del montone.

Il cielo è coperto, stamattina è tramontana scura. Nell'imbuto dello stradone di Sant'Agostino poca gente che cammina veloce per via del gelo e del vento che s'intrufola ovunque. Trascina cartacce e bicchieri di plastica disseminati dal popolo della notte, l'esercito di giovani che, tra l'una e le quattro, sciama dalla città vecchia e passa di qui per recuperare un improbabile autobus o l'auto posteggiata sulla collina di Carignano.

La crêperie del Capitano è chiusa. Scendo lungo lo Stradone e doppio il Caffè Roger, chiuso anche lui. Risalgo verso Matteotti e mi rintano nel caldo rifugio del Caffè degli Specchi. Siedo al tavolo che dà sulla vetrina di salita Pollaiuoli, dove Agostina Belli e Vittorio Gassman hanno recitato nel film *Profumo di donna*. Una bella donna in compagnia di un vecchio cieco che ha deciso di farla finita.

Ordino un bicchiere di vino bianco e Ugo mi porta un calice di Traminer dalla fragranza fruttata che aspiro con voluttà prima ancora di assaggiarlo. Un gesto banale, quasi scontato, che non facevo da tempo.

Ecco quello che ho perduto, il piacere di fermarmi e gustare le piccole cose. Di osservare gli scorci e non limitarmi a camminare sulla linea di mezzeria della vita. Luci e odori senza i quali le giornate trascorrono grigie e tutte uguali.

Anche oggi a questo tavolo sta seduto un cieco che si sente vecchio e stanco. È della bella donna, e del suo profumo, che non c'è traccia.

Che cosa sono stato, in fondo, in questi ultimi, schifosissimi anni? Un animale ferito che brancolava nel buio. Che cosa ho fatto se non osservare gli altri vivere e riempire la mia esistenza con quello che ritenevo fosse il mio dovere? Verso mia figlia, i clienti, l'erario e le insulse incombenze del quotidiano?

Non sono neppure riuscito a salvare la pelle di Rodney O'Flaherty, l'amico irlandese perdutamente innamorato della sua Ute. Ho guardato a quell'amore come a un miracolo, uno stato di grazia che mi ha ispirato i sentimenti più contrastanti, dallo stupore alla tenerezza all'invidia.

Ingoio il primo sorso di vino e lo sento scendere in gola, a placare l'arsura di una aridità covata come una malattia. Sul palato lascia un sapore morbido, dolcissimo, quasi una musica dimenticata.

Mi viene in mente che anche l'abitudine di ascoltare i grandi compositori del passato, quelli che l'operaio autodidatta Guido Pagano mi ha insegnato ad amare – Bach, Beethoven e soprattutto lui, il Volfango Amadeo – si è persa a poco a poco. Forse perché i loro concerti, le sinfonie e le sonate cercano un'anima con cui danzare e la mia si è rattrappita nell'illusione di attutire i colpi.

Ma perché adesso mi faccio tutte queste domande?

Dalla tasca interna del giaccone estraggo il libro e comincio a sfogliarlo distrattamente. Man mano che procedo, avverto una sensazione strana, indefinibile. Sto cercando qualcosa di ignoto ma implacabilmente mirato. La risposta esatta e puntuale a un quesito ancora da formulare.

Finché non mi sorprendo a rileggere queste parole, custodite come fossili in chissà quale recanto della memoria.

Interrogare il passato non serve a niente. È al futuro che bisogna fare le domande. Senza futuro il presente è solo disordine.

Non so se è quello che intendeva la bionda Lou citando lo scrittore libanese ma, se anche non lo fosse, è qualcosa che gli assomiglia molto.

4.
BUCHI NELL'ACQUA

Canneto il Lungo è un carruggio che scivola lento verso il mare, anche se per vederlo bisogna salire ai piani alti delle case. È gremito di un'umanità variopinta e indaffarata, uomini e donne dall'incarnato bianco, bruno o nero che parlano lingue che non si capiscono e idiomi che nemmeno si riconoscono.

Benestanti e male in arnese, sorrisi fanciulleschi e occhi sfuggenti, caffetani e piumini Moncler, chiacchiere e silenzi, berretti di lana e hijab, uomini in fuga da una miseria atavica e neofiti di nuove, inopinate povertà, acquirenti dalle magre risorse e venditori dalle speranze ancora più magre, tutti accomunati da un'unica, tassativa urgenza, fare presto e togliersi dall'addiaccio.

Dall'alto spiove una luce asfittica e curiose geometrie tracciate dai tetti dei palazzi inglobano porzioni di un cielo grigio e spento che mortifica anche la fantasia.

Eppure di fantasia oggi ho bisogno. Ho invitato Lou a cena e devo fare la spesa.

L'ho chiamata al telefono dal Caffè degli Specchi dopo il secondo calice di vino bianco.

«Buongiorno, sono quello di ieri sera...»

«Buongiorno, compagno», ha tagliato corto. «Cominciavo a sospettare che avessi buttato via il mio biglietto.»

«Non butto via neanche quelli dell'autobus usati.»

«I complimenti non sono il tuo forte, vero?»

«Ho perso l'allenamento. Saranno tre anni che non corteggio una donna.»

«Hai fatto voto di castità?»

«È una storia lunga. Se vuoi te la racconto. Hai da fare stasera?»

«Abbiamo una riunione di staff, spero di liberarmi per l'ora di cena.»

«Bene, sei mia ospite. Cucino io, hai qualche preferenza?»

«A casa tua?»

«L'unica cucina che posseggo è quella di casa mia.»

«Dunque mi sono sbagliata, sei uno che non perde tempo.»

«Ti ho appena detto che ho perduto tre anni...»

«Comunque non ho preferenze né intolleranze alimentari.»

«Allora ti aspetto alle otto. Per qualunque imprevisto questo è il mio numero.»

«Lo memorizzo alla voce *detective*?»

«Bacci Pagano è troppo complicato?»

Un risolino rauco, mezzo scherzoso e mezzo perfido, di quelli che fanno bollire il sangue.

«Con tutta la gente che conosco, rischierei di dimenticarlo.»

Grandissima stronza, ho pensato, ma ho conservato il mio aplomb. Le ho comunicato l'indirizzo, che ha localizzato con facilità, e abbiamo riattaccato.

Ora mi aggiro tra le botteghe di Canneto alla ricerca degli ingredienti giusti per preparare una cena all'altezza. Sono tentato di buttarmi sul pesce. La tramontana spazza via anche gli odori e questa luce loffa smorza i colori della frutta che i besagnini hanno disposto in bella mostra sul carruggio. Scendo fino al punto in cui i due Canneti, il Lungo e il Curto, si incrociano. Sulla destra il passeggio di via San Lorenzo tirata a lucido per i turisti che lasciano la riserva indiana dell'Expo per avventurarsi in città.

Una formidabile trovata del business genovese quella di costruire una specie di area protetta dove i foresti, richiamati dall'attrazione dell'acquario, trovano tutto quello che può essergli utile – ristoranti, bar, palestra, cinema, musei, sala giochi e perfino un ambulatorio medico – in modo da ammazzare sul nascere l'insana idea di visitare la città, quella *vera*.

Dopotutto, che se ne farebbero di vedere la cattedrale sbilenca con i suoi leoni di marmo, la facciata romanica di San Matteo, il campanile ottagonale di San Donato, la loggia di Banchi o la torre degli Embriaci? Il centro medioevale più vasto d'Europa, con i suoi vicoli e le logge tamponate e l'odore di piscio e la bellezza di una donna che, dopo oltre sette secoli, non ha ancora perso il suo smalto e non ha bisogno di trucco per rendersi attraente?

Vuoi mettere imbottigliarsi nel fasto di gastronomie così esclusive da essere uguali a tutte le gastronomie esclusive del resto del mondo? Oppure in pizzerie dove, per quanto eccellenti, anche la pummarola e la pasta sanno di anonimato e il gusto consiste nel mangiarle guardando yacht all'ormeggio con trenta metri di carena che non solo non potrai mai permetterti, ma dove non ti farebbero entrare nemmeno pagando il biglietto?

Svolto in Canneto il Curto e raggiungo il mio pescivendolo di fiducia. La lieta sorpresa è che sul bancone di acciaio spicca la massa fulva e gelatinosa dei rossetti, la rinomata alternativa legale ai gianchetti, ormai proibiti come la cocaina. La cattiva notizia è che costano un occhio della testa. Ma dopo tre anni di reclusione forzata non farò certo il pidocchio. Ne compro una quantità sufficiente per confezionare un lauto antipasto, rossetti serviti semicrudi con limone, olio e prezzemolo. Due orate da cuocere al sale, formaggi misti e frutta.

A casa ho una scorta di bottiglie di eccellente Sauvignon francese, ma ho l'impressione che manchi qualcosa. La bionda Lou merita un segnale forte che renda l'idea che l'occasione è di quelle speciali. Così passo nell'enoteca di Sottoripa e acquisto una bottiglia di Veuve Clicquot Reserve che pago con la carta di credito.

Torno a casa e, dopo avere sgranocchiato i rimasugli del polpettone di patate e fagiolini cucinato da mia figlia, frugo tra i CD e faccio partire il concerto n. 4 per pianoforte e orchestra di Beethoven suonato da Gilels, uno dei preferiti della bella Ute, l'amore della vita del mio amico O'Flaherty. Quindi mi dispongo ai fornelli sorseggiando un calice di vino bianco.

Cucinare mi restituisce serenità e buonumore. Man mano che si avvicina l'ora in cui sentirò il campanello del citofono gracchiare, i pensieri si fanno leggeri ed è come se mi fossi spogliato di una corazza che imprigionava desideri e immaginazione, una gabbia di ferro che quasi mi impediva di respirare.

Quando tutto è pronto apparecchio la tavola del soggiorno con la tovaglia buona, quella di lino ricamata a mano che ho ereditato dai miei genitori. Dispongo in doppia fila tre ordini di bicchieri, la coppa per lo champagne, il flûte per il Sauvignon e un gotto per l'acqua. Per un attimo mi passa per la testa, fastidiosa come un crampo, l'idea che la mia ospite sia astemia. Poi mi dico che un'astemia non dichiarerebbe d'essere immune da intolleranze alimentari. L'argomento non è dei più forti, lo riconosco, ma me lo faccio andare bene lo stesso.

Alle otto in punto chiamo Domenico Ratti. Tre squilli e risponde.

«Ciao Domenico, sono Bacci.»

«Preciso come tuo padre», replica con una vena di malinconia nella voce.

«Hai saputo qualcosa?»

«Mi dispiace», risponde, e sento che gli dispiace davvero. «Tutte bocche cucite o forse nessuno sa niente, o non c'è niente da sapere.»

«Non sei riuscito a capire cosa bolle in pentola?»

Un grugnito sordo, dove si rapprendono delusione e dispetto.

«Non so con chi prendermela. Se con i miei compagnucci o con i tuoi carbonari. Sembra che la candidatura di Almansi non preoccupi nessuno. I primi si dicono sicuri che non ce la farà, gli altri fanno il gioco delle tre scimmiette, non vedo non sento non parlo.»

«Insomma, un buco nell'acqua.»

«Però...»

«Però?»

«A uno dei tuoi è scappata una frase che potrebbe tornarti utile.»

«Piantala con la storia dei miei e dei tuoi. Non appartengo a nessuna consorteria, faccio solo il mio lavoro.»

«Dicevo tanto per dire», ribatte appena risentito. Se non fossi il figlio di Guido Pagano, un tipo spigoloso come Ménego Ratti avrebbe già riattaccato. «Ho parlato con la responsabile dell'organizzazione di Almansi.»

«Carla Benzi?»

«Vedi che ho ragione? Ti sei intruppato nella corte dei miracolati che vogliono salvare il mondo. La conosci bene?»

«L'ho incontrata alla fiaccolata e Cesare ci ha presentati.»

«Sospetto che non si fidino. Forse mi considerano un vecchio dinosauro dell'apparato.»

«Sanno benissimo che sei rimasto un comunista.»

«Un comunista con la pensione d'oro.»

«Cosa ti ha detto la Benzi?»

«Che c'è un solo uomo che può rispondere a certi interrogativi.»

«E chi sarebbe?»

«Maso.»

«Francesco Masini?»

«Proprio lui, quel vecchio buliccio.»

È proprio rimasto un vecchio comunista. Piuttosto le purghe staliniane che l'omosessualità.

«Maso è il responsabile della propaganda, perché dovrebbe saperne più degli altri?»

«Forse perché è il più intelligente.»

«Ne sei convinto?»

«Non tocca a me esserne convinto. Dalle parole di Carla, che è una compagna seria e onesta, è il tuo amico Almansi che gli dà piena fiducia.»

Qualche secondo di silenzio riempito dal rantolo del suo respiro, poi domanda: «Dimmi un po', è vero che eravate compagni di scuola?».

«Al liceo classico Colombo. Perché?»

«Potevi dirmelo subito.»

«Non è così importante. Sono passati quarant'anni.»

«Credevo che lo facessi per sdebitarti.»

«Facessi *cosa*?»

Sento l'aria soffiata forte dalle narici.«Con chi credi di parlare, ragazzo? Con un pivello che si lascia menare per il naso? Secondo te, chi c'era con Guido Pagano quando è andato a chiedere all'avvocato Almansi di difendere suo figlio?»

«Belìn, Ménego, che patiscìmini! Sì, lavoro per Cesare. Qualcuno lo minaccia di morte.»

Una risata rantegosa piena di soddisfazione vibra nella cornetta.

«Scommetto che vogliono che ritiri la candidatura.»

«Scommessa vinta.»

«L'avevo capito, ma mi domandavo perché tanti sotterfugi.»

«Ogni lavoro ha le sue regole», replico.

Ma non voglio barare con lui, non lo merita. Un groppo di rabbia e amarezza mi prende la gola e decido di vuotare il sacco.

«Devo spiegarlo a te, che sei stato amico dei gappisti? Sapessi quanti segreti mio padre ha tenuto con me, per tutta la vita.»

«Lo immagino», commenta virando su un tono conciliante, dove palpita tutto l'affetto che mi porta fin da quando ero bambino. «Ho sempre sospettato che quell'uomo si sia tenuto dentro troppe verità che facevano male. Ma, se può consolarti, non l'ha fatto solo con te. Dopo la guerra Guido non ha mai voluto parlare con nessuno del periodo in cui ha militato nel gruppo di Olindo Grandi.»

Guardo l'orologio, le otto e cinque. Tra poco lei sarà qui.

«Allora chiamerò Maso. Ti ringrazio, Domenico, mi sei stato prezioso, come sempre.»

«Sono solo un vecchio fuori dai giochi, Bacci. Tuo padre me lo ripeteva sempre: invecchiare in sé non sarebbe un male se l'esperienza non fosse quella che è.»

Non gli avevo mai sentito dire niente del genere.

«Che significa?»

«Il guaio dell'esperienza è che ciascuno deve farsela in proprio. Quella degli altri non ha alcun valore.»

Ci congediamo e intanto ripenso a questa verità così tassativa e mi stupisco che dalla bocca di un uomo chiuso e taciturno come Guido Pagano possano essere uscite parole così impegnative. Forse era con suo figlio che evitava di pronunciare sentenze. C'era già suo suocero, il nonno Baciccia, a condire di aforismi e proverbi le cene di casa. Mia madre sbuffava e non gli dava peso, lui fingeva di ascoltare in rispettoso silenzio e rimanevo io a bermi ogni sua parola come oro colato. Il fatto è che Baciccia mi voleva davvero bene, la mia nascita gli aveva riempito la vita e, forse, dato modo di rifarsi di quanto non era riuscito a condividere con i suoi figli.

Il citofono continua a tacere. Finalmente alle otto e venti, quando comincio a sospettare che la riunione di staff stia mandando in malora la mia cena al batticuore, squilla il telefono cellulare.

È lei.

«Scusami, ma abbiamo finito ora.»

La sua voce leggermente rauca esprime qualcosa che assomiglia al rammarico.

«Il dovere innanzitutto. Dove sei?»

«Nella sede del comitato elettorale, in via della Maddalena.»

«Allora vieni, è tutto pronto.»

«Neanche per idea, sono ridotta uno schifo.»

Non dico niente, in attesa di capire cosa mi aspetti.

«Non mi presenterei mai all'appuntamento con un uomo in questo stato. Devo fare una doccia e cambiarmi.»

Mi domando dove diavolo abbia trascorso il pomeriggio, se in un comitato elettorale o in una miniera di carbone.

«Perché non mi raggiungi tu?» azzarda.

Penso alla tavola imbandita con cura certosina, all'antipasto di rossetti preparato con meticoloso amore, alle orate al sale e alle preziose bottiglie che languiscono in frigorifero.

«Non puoi venire lo stesso? Mangeremo più tardi.»

«Sono senza mezzi e impiegherei troppo tempo. Ti dispiace venire da me?»

«Hai cucinato qualcosa?»

«Ti porto nella trattoria sotto casa mia. Si mangia bene e si spende poco.»

Mi assale un'irresistibile voglia di mandarla a farsi fottere. Se aveva paura di compromettersi e le risultava imbarazzante cenare a casa di uno sconosciuto, poteva dirlo subito ed evitarmi tutto questo lavoro. Dopotutto è stata lei a mettermi in mano il biglietto da visita. Invece no. La trattoria cheap sotto casa, altro che rossetti e champagne.

«Dove abiti?»

«Al Carmine.»

O cazzo, neanche fosse la Madonna della Guardia!

Ma ormai che cosa ho da perdere?

«Ci vediamo in piazza del Carmine», concludo.

La frase trasuda tutto il mio fastidio e lei deve essersene accorta perché, con voce incerta dove potrebbe covare un subdolo, invisibile sorriso, domanda: «Sei arrabbiato?».

«Arrabbiato o no, fa qualche differenza? Alle nove sono lì.»

5.
AL CARMINE

Quanto tempo è passato?

Erano forse dieci anni che non tornavo in piazza del Carmine, il rione della città vecchia da cui partono le crose che montano verso i quartieri signorili di Carbonara e Castelletto. Come un'insanabile ferita di coltello l'arteria trafficata di via Bensa lo taglia fuori dagli illustri itinerari del Borgo – via Lomellini, via Cairoli e la blasonata Strada Nuova – conferendo alle sue case colorate raccolte intorno al mercato l'aspetto di un presepe dove si respira aria di paese.

Il presepe abborracciato del parente povero di famiglia.

Sono venuto da casa a passo sostenuto e ho camminato nei carruggi spazzati dalla tramontana per un buon quarto d'ora.

Oltre le vetrate del mercato coperto, ristrutturato di recente, nella semioscurità si intravede uno spazio vuoto che mette tristezza.

Dalle luci di un bar pieno di ragazzi e ragazze filtrano musica e un confuso rumore di voci. Riconosco la chitarra di Mark Knopfler che suona *On Every Street*, una delle mie preferite dei Dire Straits. Altre voci si spantegano nell'aria gelida della piazza deserta. Vengono dalla trattoria vicina, quella che porta il nome genovese di un'erba aromatica mediterranea, dove probabilmente Lou e io ceneremo questa sera.

Il liceo Colombo è a pochi metri da qui. Il ricordo mi piomba addosso improvviso ed è come se, di colpo, tutti i conti tornassero.

Nella salita dove campeggia il murale con la scritta MI HANNO RUBATO IL PRETE ho tirato il primo volantino della mia vita. Era l'ottobre del 1968 e a darmi il cambio nel girare la manovella del ciclostile c'era un ragazzino senza barba e senza peccati che si chiamava Cesare Almansi. Un bugigattolo dai muri scrostati al piano terra, all'imbocco della crosa, e un vecchio ciclostile messo a disposizione degli studenti dal viceparroco del Carmine.

Dicono che quella frase l'abbia pronunciata un bambino quando il cardinale lo fece allontanare, forse credendo di liberarsene e non immaginando che per quarant'anni quel prete avrebbe impestato con il fumo del suo toscano le sensibili narici dei porporati intruppati nella curia e nelle gerarchie vaticane.

Estraggo la pipa, la carico e accendo. Mancano dieci minuti alle nove e prima che la bionda mi raggiunga ho il tempo per lasciarmi impantanare nella bratta del ricordo.

Come ci sentivamo allora?

Orgogliosi di incarnare un'idea che trascendeva i confini del nostro corpo ben pasciuto, parte di qualcosa più grande di noi e in sintonia con la corrente della storia. Il vento della rivoluzione proletaria spazzava il mondo con una forza contagiosa che sembrava renderlo inarrestabile. Eravamo giovani e la nostra ingenuità aveva qualcosa di arrogante. Avevamo letto tutto sulla rivoluzione russa e sulla lunga marcia di Mao, sul movimento castrista e sul progetto ambizioso di Ernesto Che Guevara. Li avevamo trasformati in miti per rivendicare con inaudita supponenza che la nostra rivoluzione sarebbe stata diversa, migliore.

Migliore era di sicuro l'apporto di carboidrati e proteine che ci sostentava rispetto ai marinai dell'incrociatore *Aurora*, ai peones latinoamericani e alle guardie rosse del grande timoniere. Magari eravamo anche più raffinati, ci lavavamo quasi ogni giorno e avevamo studiato un sacco di libri.

Peccato che la rivoluzione, nel bene e nel male, loro l'avevano fatta e noi no.

Il tabacco nella pipa si sta esaurendo e tra poco non basterà a scaldarmi le mani. Le campane della chiesa battono le nove. Lou non arriva e sento il freddo penetrare subdolamente sotto la giacca di montone. Mi assale un senso di futilità che si agglutina come veleno allo sgranarsi dei pensieri.

Mi domando se non sia stata tutta una sceneggiata, un'ingloriosa montatura infarcita di fantasie, equivoci e onnipotenza. Le occupazioni delle scuole, le discussioni interminabili nelle assemblee, perfino le manifestazioni in cui finivi per prenderti qualche manganellata da un poliziotto che certo più di noi assomigliava a quelli che la rivoluzione l'avevano vissuta sulla propria pelle.

Ma quale cazzo di Eldorado, avvocato Almansi? Il vero Eldorado era il tuo attico di rampollo di professionisti scudocrociati, quattro o cinquecento metri quadri con vista sull'universo. Il pullover di cachemire occultato dall'eskimo e dalla kefiah. Tutt'al più le prime scopate negli angoli bui delle aule occupate. Non abbiamo cambiato niente se non noi stessi, ma di quello erano stati capaci anche i nostri padri – pure quelli che non avevano fatto la Resistenza – senza per questo tirare in ballo la Storia.

Torno a guardare il murale e mi viene in mente un amico che tutti chiamano il sindaco del Carmine. Una sera che eravamo ubriachi mi ha confessato che in realtà nessun bambino ha mai pronunciato quella frase. Cosa poteva fregargliene ai bambini di chi fosse il prete?

La pipa si è spenta. Svuoto il tabacco in un cestino della rumenta e la infilo nella tasca del montone.

Trascorrono alcuni minuti e finalmente la vedo scendere la mattonata della crosa. Procede frenando il passo con il busto curvato all'indietro, la solita borsa cilindrica sulla spalla e le mani insaccate nel piumino d'oca. Un leggero trucco e il sorriso che fa evaporare ogni velleità di protesta. Il vento le smuove i capelli appena lavati e quando si avvicina e mi porge la mano sono investito dal suo profumo. Sa di agrumi freschi con un retrogusto amarognolo che ricorda i noccioli di mandorla.

«Sono in ritardo?» domanda guardandomi di traverso e sbattendo le palpebre.

«Dieci minuti», rispondo.

Con un gesto naturale mi afferra sottobraccio e mi trascina fino alla trattoria. Apriamo la porta ed entriamo. Subito il calore ci avvolge, insieme a un vago odore di cibo dove dominano gli aromi del pesto e della frittura di pesce.

Il locale è composto di due sale, quella più grande, con il bancone e il frigorifero, si sviluppa in lunghezza a partire dall'ingresso e l'altra, più piccola e squadrata, dà sulla cucina.

Un'interminabile tavolata con bambini, qualche coppia non meno attempata della nostra, alcuni giovani che devono averci dato dentro con il vino, a giudicare dal volume con cui parlano tra loro.

Ad accoglierci viene una donna con i capelli a caschetto e un paio di occhiali colorati che saluta la bionda come se la conoscesse da una vita.

«Ciao Gianna», sussurra lei abbracciandola e scoccandole un bacio sulla guancia. «Questo è Bacci, un amico.»

La donna mi stringe la mano e largisce un sorriso pieno di sottintesi. Mi domando quanti altri amici si sarà vista presentare da quella che sembra molto più che una cliente assidua.

Ci fa accomodare al tavolo sotto la finestra, nella sala adiacente alla cucina. Lou si toglie il piumino. Indossa un paio di jeans e un vistoso maglione di lana tutto colorato.

«Benvenuto nel mio regno, Bacci Pagano», cinguetta allargando un sorriso che mi fa precipitare in una zona grigia dove palpita, in lontananza, l'eco di un dolore.

«I regni fanno la felicità delle principesse.»

«Per noi single, trattorie come questa sono una benedizione.»

«Specialmente quando la passione per i fornelli lascia a desiderare», replico con una punta di astio.

«Praticamente mi sono fatta adottare.»

«A me non mi adotterebbero nemmeno al canile.»

«Non ti sottovalutare, non sei poi così male.»

«Lascia perdere, complimenti del genere non li fa più neanche il mio barbiere.»

«Il tuo barbiere è gay?»

«Non credo, ma è il tosapeli più ruffiano dei carruggi.»

Il tempo di strapparle un sorriso e arriva Gianna domandando cosa vogliamo bere.

«Prima di sapere cosa mangeremo?» obietto pensando al mio Sauvignon e all'antipasto di rossetti.

«Ti consiglio il rosso della casa», si affretta a suggerire Lou. «È un vino corposo, l'ideale per una serata fredda come questa.»

Gianna, ignara dei retroscena del mio malumore, ha colto il mio fastidio e torna con una lavagna su cui sta scritto il menu.

«I testaroli al pesto sono la nostra specialità», aggiunge.

Ci lasciamo convincere a optare per la contaminazione delle due cucine, quella genovese e quella lunense, e ordiniamo pesto e testaroli. Come secondo Lou sceglie calamari su letto di patate e io funghi fritti.

Estrae il telefono cellulare, uno smartphone di ultima generazione, stacca gli auricolari e lo piazza sul tavolo vicino al piatto vuoto.

Lo indico con un cenno del capo.

«Che roba è, la tua coperta di Linus?»

«Uno strumento di lavoro.»

«Se lo sapevo portavo la pistola.»
Scuote il capo, sembra divertita.
«Sai che sei un bel tipo?»
«Non sopporto quelli che mi parlano guardando la televisione.»
«Ho azzerato la suoneria», si giustifica. «Esigi un'attenzione esclusiva?»
«La stessa che riservo agli altri.»
«Okay», replica sollevando il palmo delle mani. Ripone il telefono nella borsa e comincia a centellinare il primo sorso di rosso. «Come procede l'indagine?»
«Non procede.»
«Ti sarai fatto un'idea.»
«Esattamente quello che ho chiesto al tuo boss.»
«E cosa ti ha risposto?»
«È caduto dal pero. E se non se l'è fatta lui...»
«Ma stai seguendo una pista?»
«Per ora quella che porta in una trattoria del Carmine.»
Mi scruta da sotto in su, con quei due occhi che sembrano pozze d'un mare dove non mi dispiacerebbe nuotare fino a estenuarmi e morire affogato, e il suo viso compone un'espressione complice e scherzosa.
«Bocca cucita, eh?»
«Non sono autorizzato a dare informazioni.»
«Neanche in cambio di una notte d'amore?»
«Quello che ho scoperto non vale tanto.»
Agita la testa e con un gesto della mano ravvia i capelli e li porta dietro l'orecchio. Sorride e cambia registro.
«Naturalmente sto scherzando.»
«Naturalmente.»
«È vero che tu e Almansi vi conoscete dai tempi del liceo?»
«Sì.»
Sembra animarsi d'una curiosità che ha qualcosa di puerile.
«E com'era a quell'età?»

«Come tanti altri, un ricco borghese che fingeva di voler cambiare il mondo, anzi, il *modo di produzione capitalistico.*»
«Perché tu, invece?»
«Mio padre faceva l'operaio e mia madre la sigaraia. Ma non fa una grande differenza.»
«Anche tu fingevi di volere la rivoluzione?»
«La sola rivoluzione che volevo era quella sessuale.»
«Come Wilhelm Reich?»
«Come un quindicenne in piena tempesta ormonale.»
Ora ride di gusto, davanti al piatto di testaroli da cui esala la fragranza pungente del basilico misto al pecorino. Assaggio e, mio malgrado, devo riconoscere che si tratta di pesto preparato a regola d'arte.
Mi dico che non sono i rossetti che rimpiango, né lo champagne o il vino bianco francese riposti nel frigorifero. Forse non lo sono mai stati. La guardo. Anche gli occhi ridono mentre mi ascolta blaterare e ingurgita con gusto forchettate di pasta scura condita senza fare economia.
Quel che rimpiango è il suo collo delicato, la pelle chiara che pare un frutto dove ficcare i denti, quei capelli ribelli che non aspettano altro che d'essere accarezzati, i seni appena accennati sotto il maglione, le labbra morbide che si aprono a un sorriso di sfida, sorriso che provoca e istiga e, forse, ammicca a una felicità possibile, quella più dolce e indecente, quella che gli uomini come me hanno sognato fin da quando erano ragazzini.
E anche lei ha i tratti della ragazzina mentre divora con ingordigia i testaroli, lanciandomi occhiate senza misericordia che mi inchiodano alle mie responsabilità di adulto malcresciuto che si ostina a desiderare una minorenne che viaggia intorno ai quarant'anni. Una giovinetta che si scopre le orecchie, ancora prive di pendagli e orecchini, con un gesto automatico che allude a ben altri svelamenti, esibizioni di un corpo solido e rigoglioso che

occhieggia sotto abiti attillati e avvolgenti e anticipa il piacere d'essere spudoratamente denudato. Gesto di bella donna che sa di esserlo e seduce con la passione illecita dell'innocenza, confondendo tenerezza e sensualità, le coccole e i buffetti con la dura legge della penetrazione del sesso adulto.

Ecco quello che rode in questa serata consumata nella rumorosa baldoria di una trattoria tanto generosa con i capricci del palato quanto avara di intimità e possibili transumanze da una stanza all'altra, dalla seduzione della tavola alle delizie della camera da letto.

Sono ormai al decimo bicchiere e la terza brocca di vino corposo – *l'ideale per una serata fredda come questa* – arriva sul tavolo quando entrambi stiamo attaccando la crostata di mele.

Lou insiste e domanda: «Ed è vero che il padre di Almansi ti ha tirato fuori di galera?».

«Non mi dirai che avete fatto le otto per discutere di queste stronzate?»

«Stronzate?» risponde piccata. «Non le chiamerei così.»

«Ah, no? E come allora? Non eri quella che vuole lasciarsi alle spalle il passato e interrogare solo il futuro?»

Risponde con una risata irriverente dove risulta difficile distinguere irritazione e allegria.

«Dunque ci hai pensato!»

«A cosa?»

«A quello che ti ho detto ieri.»

«Ho anche trovato una citazione interessante. Conosci Jean-Claude Izzo?»

«Che domande, certo che lo conosco.»

«Provo a citare a memoria: non serve interrogare il passato, le domande bisogna farle al futuro...»

«...senza futuro il presente è solo disordine», conclude soddisfatta. «*Chourmo*, un romanzo che non si dimentica.»

«Complimenti.»

«Non hai una grande opinione delle donne, detective.»

«Questa l'ho già sentita.»

«Non mi stupisce. Cosa credi, che siamo tutte cretine buone solo a farsi strada allargando le gambe?»

«Come diavolo ti viene in mente...»

In un lampo sento la sua rabbia incendiarsi, inarrestabile, forse suscitata da un ricordo che fa ancora male o semplicemente pompata dal vino rosso.

«Allora evita di farmi i complimenti perché conosco un autore sul quale magari pensavi di vantare l'esclusiva.»

«Non vanto esclusive nemmeno sul mio gabinetto.»

«Balle! Voi uomini siete tutti uguali, quando vi fa comodo fingete di essere modesti, ma l'idea che una donna la sappia più lunga di voi non vi va giù. E appena qualcuna dice una cosa intelligente che vi sorprende, subito vi mettete in cerca della citazione giusta per dimostrare che eravate sul pezzo prima di lei.»

«*Sul pezzo*? Stai scherzando o cosa?»

«Non è forse vero che voi compagni di Almansi siete ammalati di nostalgia?»

«*Compagni di Almansi*? La responsabile dell'ufficio stampa sei tu. Io sono stato ingaggiato per scoprire chi gli telefona la notte.»

«Non eravate compagni nel Sessantotto?»

«E allora?»

«Non avete perso il vizio di considerarvi l'ultima generazione che voleva fare la rivoluzione. E mentre vi leccate le ferite per non esserci riusciti non esitate a pavoneggiarvi del fatto che *voi c'eravate*. Perché allora tutto era meraviglioso, non è vero?»

Qui le sfugge una smorfia di disprezzo che mi fa venire voglia di prenderla a schiaffi.

«Patetici! Patetici e vecchi, ecco quello che siete! Per mia fortuna nel 1968 ero appena nata...»

«Io avevo quindici anni ma, ti assicuro, non nutro nessuna nostalgia. Quella rivoluzione del cazzo mi è costata cinque anni di galera senza avere colpa.»

«Sono i rischi del mestiere. Per fare una frittata bisogna rompere le uova.»

«Peccato che fossero le uova sbagliate.»

«Tutti innocenti, in questo paese di merda.»

«*Tutti* chi?»

«I reduci, gli sfigati, quelli che aspettano una pensione di guerra dallo stato...»

«A me sarebbe bastato non finire in un carcere di massima sicurezza.»

«Ma il futuro? Ci pensate mai al futuro?»

«Ci penso ogni volta che guardo mia figlia.»

«Eh, certo. Per imporglielo come piace a te.»

«A mia figlia non riesco a imporre l'orario in cui rientrare la notte, figuriamoci il futuro.»

Corruga la fronte e mi scruta con una curiosità che stempera la rabbia e addolcisce il tono della voce.

«Hai una figlia?»

«Ha vent'anni e frequenta la facoltà di lettere.»

«Hai anche una moglie?»

«Ex moglie. Abita a Chiavari con il nuovo marito. Aglaja va a trovarla un weekend sì e tre no.»

«Quando vi siete separati?»

«Dodici anni fa.»

«E da allora hai sempre vissuto da single?»

Mi stringo nelle spalle e bevo un sorso di vino, giurando che sarà l'ultimo. Non voglio finire la serata ubriaco.

«Ho avuto una lunga storia con una donna che fa lo stesso mestiere di tua madre, ma non abbiamo mai convissuto.»

«Una psicoanalista? Poveretto... Scommetto che non è ancora finita.»

«Eccome che è finita. Sono due anni che non ci sentiamo.»

«Quando volete andare a letto con una nuova dite tutti così.»

«Chi dice che voglia venire a letto con te?»

«Tu.»

«Io?»

«Si capisce da come mi guardi. Non è vero?»

Rimango muto, con il bicchiere appeso alle labbra e lo sguardo che svolazza come un pipistrello in una stanza chiusa. I suoi occhi mi fissano spalancati e ricordano un taglio di cielo che fa capolino da una finestra. Luce che offusca la vista, azzurro che toglie il fiato.

«Allora, detective, non rispondi?»

Poso il calice e, prima di incrociare il lusso del suo sguardo, schiarisco la voce.

«Supponiamo che sia vero. Che cosa cambierebbe?»

«*Quién sabe*?»

Solleva il dito verso l'alto.

«Abito qui sopra. Vuoi salire da me?»

«Se ti va...»

«Mi va, ma a una condizione.»

«Sentiamo.»

«La cena la pago io.»

6.
UN NEGRONI TROPPO GIUSTO

Un piacere che ha qualcosa di animale. Non conosce baci, carezze o tenerezza.

Un piacere a lungo preparato dalle mie dita, simili a burattini appesi a fili invisibili, guidate nella semioscurità dalla sua voce roca. Hanno sfiorato lievi come un respiro la superficie del suo corpo che profumava di arance e mandorle acerbe. Sentivo la pelle vibrare e incresparsi al contatto dei polpastrelli.

Un piacere che brucia e si consuma nel tempo necessario per arrivare all'orgasmo, dove il preservativo incapsula con lo sperma anche ogni slancio, ogni imprevisto moto del cuore.

Lo ha estratto dal cassetto del comodino con un gesto naturale, senza imbarazzo.

«Tieni», ha detto. «E non dimenticare di infilarlo.»

«Sono tre anni che non tocco una donna.»

«È quello che dite tutti.»

«Tutti? Quanta gente passa di qui?»

«Sono tre anni che non mi faccio toccare da un uomo», ha replicato con un sorriso incolore, mentre lasciava cadere il reggiseno e portava le mani a coppa sui capezzoli.

Un piacere che è tutto e solamente suo. Il mio arriva per necessità, dopo, con l'ineluttabile ritardo delle cose che non si aspettano con trepidazione.

Il tempo di finire ed è sparita in bagno. Ho sentito rumore d'acqua che scorre ed è partita l'autoclave. Quando è tornata si è sdraiata sotto le coperte in posizione fetale, dandomi la schiena.

«Lou, ci sei?» ho domandato.

Si è girata e mi ha guardato fisso negli occhi. In fondo a quell'azzurro, nella stanza appena rischiarata da un piccolo abat-jour, baluginava un lucore che avrebbe potuto essere una lacrima.

«Sono qui», ha detto.

«Anch'io.»

«Vuoi fermarti a dormire?»

«Non mi dispiacerebbe.»

Un attimo di esitazione.

«Preferirei di no», ha aggiunto scuotendo la testa.

L'espressione della mia faccia doveva essere eloquente.

«Non prenderla male. Domani devo alzarmi presto, volantiniamo a Voltri prima del comizio.»

Ho evitato di guardarla.

«Non importa», ho mentito, ma il tono della voce non mentiva. «Vado.»

Sulla porta si è protesa in avanti per sfiorarmi le labbra con un bacio frettoloso e ha sussurrato: «Ciao, Bacci».

«Ci risentiamo?»

«Volentieri», ha risposto. «Se ti va.»

Erano le due passate quando sono arrivato a casa, intirizzito dal gelo e mezzo stordito dal vino e dal resto. Ho acceso la pipa e mi sono versato un bicchiere di Lagavulin. L'ho scolato in due sorsi e ne ho versato un altro. I caloriferi erano rimasti accesi e, a poco a poco, mi sono lasciato invadere da un languido torpore. Mi sentivo svuotato. Nell'animo prima ancora che nei testicoli. Non c'era niente da aggiungere, niente su cui rimuginare, niente da rimpiangere e per cui sperare.

Avevo la sensazione che, ancora una volta, il passato si fosse ingoiato ogni futuro possibile.

Sono sveglio da due ore e non ho combinato niente. Mi aggiro per la casa deserta e la domenica mi appare un buco nero di cui non vedrò la fine. A malapena sono riuscito a mettere la moka sul fuoco e bere il caffè. Sono rimasto mezz'ora sotto la doccia nella speranza di farmi venire un'idea, un guizzo di luce per tirarmi fuori da questa nebbia malmostosa che ottunde sensi e pensieri.

Il tempo non aiuta. Piove a dirotto e la mia casa è immersa in una penombra che uccide sul nascere qualunque desiderio, come accendere la radio o far partire un CD che ravvivi con le note di un concerto – magari del grande Volfango Amadeo, di quelli in cui il pianoforte si sbizzarrisce in scale vorticose da far girare la testa – questo silenzio che puzza come un cane morto.

Immagini poco edificanti si rincorrono nella mente con la mestizia di un corteo funebre. Mi par di vederlo, l'avvocato Almansi, che starà concionando sotto la precaria protezione di un ombrello davanti a una platea di voltresi grondanti ed entusiasti di grondare e sentirlo concionare. Immagino Lou con un pacco di volantini sotto il braccio che lo ascolta morta di freddo e di sonno.

Finché, intorno alle undici, inaspettata arriva l'idea. Telefonare a Maso e chiedergli di incontrarci.

Recupero il numero dall'elenco telefonico e chiamo quasi a colpo sicuro. La domenica mattina, con un tempaccio simile, un nottambulo come lui starà ancora acquattato sotto le coperte.

Infatti, dopo una quindicina di secondi – tempo da apparecchio telefonico sul comodino – una voce legata dal sonno risponde: «Ma chi è?».

«Bacci Pagano. Il nome ti dice qualcosa?»

«A quest'ora nemmeno Napoleone Bonaparte...»

«Sono il guardaspalle del tuo boss, ci siamo incontrati venerdì alla fiaccolata dei carruggi.»

Gli ormoni sembrano scuoterlo.

«Il bel ragazzone dagli occhi neri?»

«Ragazzone un cazzo, Maso. Più o meno abbiamo la stessa età.»

«Appunto, non siamo forse ragazzi?»

Penso alla serata con Lou e sono tentato di dargli ragione, ma preferisco insistere a provocarlo. Maso patisce la vecchiaia ancor più delle belle donne.

«Se mia figlia fosse più precoce potrei già essere nonno.»

«E spingere una carrozzina ai giardini pubblici? Saresti sprecato, caro.»

«Non mi chiedi perché chiamo?»

«Lo immagino: dopo il nostro incontro sei rimasto folgorato e non fai che pensare a me.»

«Conosci la ragione per cui Almansi mi ha ingaggiato?»

«Io conosco tutto.»

«Io invece ho un disperato bisogno di informazioni.»

«*Bien sûr, mon ami.* Hai chiamato la persona giusta. Perché non vieni a trovarmi per l'ora dell'aperitivo?»

«Dammi l'indirizzo.»

Abita anche lui sulla circonvallazione a monte, come il suo boss, in una mattonata in culo ai lupi tra via Domenico Chiodo e il forte di Righi. Al di sopra dell'ultima colata di cemento con cui tra gli anni Sessanta e Ottanta la speculazione immobiliare ha ingabbiato le alture della città.

La casa è un tipico rustico ligure con l'intonaco color ocra e le persiane verdi da cui con un colpo d'occhio si domina l'intero golfo, da Portofino a Capo Mele.

Con questa pioggia non me la sentivo di venire in Vespa. Mi sono munito di ombrello e ho raggiunto a piedi largo della Zecca, dove mi sono imbucato nella funicolare che mi ha scaricato alla penultima fermata prima del Righi.

Checco Masini viene ad accogliermi con una vestaglia di ciniglia dai colori sgargianti che gli arriva fino ai piedi.

Indossa un paio di morbide pantofole di cuoio e non porta i calzini. Profuma di bagnoschiuma al cocco, ha i capelli umidi e l'aria d'essere appena uscito dalla doccia. Nutro il fondato sospetto che sotto la vestaglia sia nudo come il giorno in cui è venuto al mondo.

Mi guida fino a una grande stanza che funge da salotto e studio. Una sorta di utero foderato di libri e tappeti dove campeggiano alcuni grandi quadri astratti e una gigantesca foto d'autore in bianco e nero che ritrae un giovane bello e muscoloso come un atleta dell'antica Grecia. Indossa solo un paio di occhiali da sole e un cappello da cowboy spinto leggermente all'indietro. È preso di tre quarti, in modo che il pene sia appena visibile, e il chiaroscuro mette in evidenza la consistenza marmorea dei glutei.

«Con un tempo come questo ci vuole qualcosa di forte», sentenzia invitandomi a sedere sul divano di pelle color avorio. «Che ne diresti di un Negroni?»

«Giusto o sbagliato?»

«Non c'è ragione di sbagliarlo quando si può farlo giusto.»

Sparisce in cucina e dopo cinque minuti ritorna reggendo un vassoio con due grandi tumbler appannati dal gelo e guarniti a regola d'arte, con tanto di cannuccia e buccia d'arancia, e due ciotole contenenti patatine e noccioline americane. Sistema il tutto sul tavolino di vimini e va a sedersi sulla poltrona di fronte a me.

Quest'anno non vediamo il sole dall'inizio dell'inverno, ma lui è abbronzato come se fosse appena tornato dai tropici. Le lampade a raggi UVA rendono la sua pelle simile a quella di un rettile, e anche gli occhi che mi tiene incollati addosso sembrano vuoti come quelli di un animale primitivo.

«Sono a tua disposizione», trilla accavallando le gambe e allargando un sorriso che sprizza giovialità. «Mi sono sempre domandato che razza di lavoro sia quello dell'investigatore privato.»

«Un lavoro sporco e faticoso.»

«Rovistare nei letti degli altri non deve essere piacevole.»

«Per principio non mi occupo di affari di corna.»

«E dunque dove stanno fatica e sporcizia?»

«La fatica più grande è quella di renderlo meno sporco, ma nessuno ci riesce del tutto.»

«Marlowe ci riusciva.»

«Marlowe è un detective letterario.»

«Anche tu sei molto letterario, ragazzo.»

«Prego?»

«Almansi mi ha parlato di te. Dice che sei finito in galera con l'accusa di terrorismo perché hai raccolto una pistola durante una manifestazione. Non trovi che tutto ciò sia molto letterario?»

«Mi domando se nelle riunioni di staff non abbiate niente di meglio di cui discutere. Se continuate così, Almansi finirà per fare l'avvocato a vita.»

Si piega in avanti, afferra una manciata di noccioline americane e comincia a sgranocchiarle.

«Ti fidi del mio fiuto? È come se fosse già senatore. Ho deciso di dargli una mano e seguirò la campagna elettorale fino all'ultimo giorno, ma se anche partisse stasera per i Caraibi e non si facesse vedere fino alle elezioni, sta' pur certo che sarebbe eletto lo stesso.»

«Perciò vogliono che si ritiri?»

«È chiaro.»

«Cosa pensi di queste minacce?»

Si stringe nelle spalle, inarca le sopracciglia e sporge in fuori il labbro inferiore. Poi inspira forte e commenta: «Fossi in lui non le sottovaluterei».

«Nel suo lavoro ha pestato i piedi a tanta gente, ma fino a oggi nessuno lo aveva minacciato di morte.»

«Una volta eletto potrebbe dare molto» – agita la mano – «ma molto più fastidio.»

«Fammi qualche esempio.»

«Sta lavorando a un progetto di legge sullo smaltimento dei rifiuti. È scritto nel suo programma. Propone la liberalizzazione degli accessi ai siti cosiddetti di interesse nazionale, cioè le grandi discariche dove vengono ammassate tonnellate di veleni. In pratica, la possibilità per i cittadini e i loro comitati di affidarsi a esperti scelti da loro per effettuare ricerche sulla pericolosità dei rifiuti stoccati. Inoltre introduce alcune misure che favoriscano la tracciabilità dei materiali di bonifica, in particolare quelli estratti a seguito della realizzazione delle grandi opere.»

«Spiegati meglio.»

Assume un'aria così concentrata e seriosa da sembrare una posa.

«Una partita con enormi interessi in ballo. La legislazione è carente e le imprese che appaltano lo smaltimento e lo stoccaggio dei rifiuti, inclusi quelli pericolosi, e dei materiali di risulta delle varie TAV e superstrade, sostanzialmente fanno quello che vogliono.»

Prendo il bicchiere e comincio a respirare l'aroma del Negroni. Il colore è piuttosto schiarito, segno che ci ha dato dentro con il gin, e anche all'olfatto risulta alquanto carico. La conferma arriva al primo sorso.

«Altro che Negroni sbagliato! Questo cocktail è fin troppo giusto. Mi ricorda il Montgomery di Hemingway, quindici parti di gin e una di Martini.»

«Quattordici parti di gin, una di Campari e una di Martini rosso. Ma non gli ho ancora trovato un nome. Conosci qualche generale incapace da prendere per il culo?»

«Dagli il nome di un leader della sinistra. Riescono a perdere anche quando i sondaggi li danno vincenti quindici a uno.»

Se ne esce in una risata stridula, prolungata, che gli riempie gli occhi di lacrime.

«Eppure dobbiamo tirarceli dietro, anche se non siamo d'accordo quasi su niente.»

«Neanche sul disegno di legge sulle discariche?»

Prende il bicchiere e beve un sorso, facendo schioccare la lingua.

«Hai conosciuto Luigi Orengo?»

«Il fighetto azzimato che gli camminava accanto venerdì sera? Ho provato a farlo incazzare, ma Cesare mi ha stoppato.»

«È uno degli uomini di punta del partito. Assessore ai lavori pubblici in regione, si vocifera che abbia un occhio di riguardo per certe imprese che fanno affari d'oro sulla raccolta dei materiali di bonifica.»

«Si vocifera o è così?»

«Secondo Cesare è pulito.»

«Per Cesare sono tutti puliti. La sua dev'essere una malattia professionale.»

«Questo è il suo peggior difetto», commenta lanciando un'occhiata oltre i vetri battuti dalla pioggia. «Ma anche il suo più grande pregio: lui si fida degli uomini.»

«Perciò venerdì l'assessore non l'ha mollato un istante, forse voleva ammorbidire la sua furia ambientalista...»

Mi aspetto una nuova risata, anche solo un sorriso di complicità, invece sul suo volto si infittisce l'ombra della preoccupazione.

«Hai mai sentito i nomi di questi Re Mida che trasformano la merda in oro?»

«Nomi grossi, come Partinico e Marantoni?»

«Circolano voci inquietanti su loro presunti legami... indovina con chi?»

«Cosa Nostra?»

Scuote la testa.

«Quelli sono più interessati ai termovalorizzatori e agli

ecoincentivi fasulli prelevati dalle nostre bollette per finaziarli.»

«Chi allora?»

«Salvatore Morabito, il boss della 'ndrangheta del Nordovest.»

O cazzo! Porto il tumbler alle labbra e lo svuoto in un sorso. Se Maso me ne offrisse un secondo lo accetterei subito. E anche un terzo e un quarto, fino a stordirmi e a dimenticare le puttanate che mi ha rifilato il mio amico senza macchia e senza paura.

«Significa che quel progetto di legge tocca interessi della 'ndrangheta?»

«Direttamente o indirettamente, sì.»

Maso mi scruta con quei suoi occhi inespressivi di ramarro. Mi sembra di cogliere una sfumatura di rincrescimento nella sua faccia. Quasi sapesse e gli dispiacesse che il mio compagno di liceo mi abbia preso per il culo.

«Non è abbastanza per giustificare le telefonate minatorie?»

Si stringe nelle spalle e assapora un altro goccio.

«Tu che dici?»

«Ma allora perché ripete come un disco rotto...»

«...che non ha idea da dove vengano le telefonate? Non saprei, è quello che fa anche con noi.»

Complice il Negroni troppo giusto, devo essere diventato paonazzo e sento le orecchie bruciare. Mi viene da alzare la voce.

«Sta bluffando, vuol fare l'eroe o cosa?»

Incassa la testa nelle spalle, con un'espressione contrita che non gli si addice, ma sembra drammaticamente sincera. Non aggiunge altro.

«Glielo avete detto che sta giocando col fuoco?»

«Certo che glielo abbiamo detto. Tutti.»

Tutti. Il vecchio Ratti ha colto nel segno, i supporter di Almansi non si sono fidati di lui.

«E cosa vi ha risposto?»

«Continua a sostenere che le minacce vengono da un'altra parte.»

«Quando gli ho nominato la criminalità organizzata ha finto di cadere dalle nuvole.»

Si alza in piedi e va alla finestra, le dita intrecciate dietro la schiena e le gambe leggermente divaricate.

«Anche la pioggia cade dalle nuvole», sussurra come se parlasse tra sé.

«Perché non mi ha detto niente?»

Scrolla le spalle senza voltarsi, quasi infastidito.

«Domandalo a lui.»

«Ma tu che ne pensi, Maso?»

Compie una elegante giravolta e viene verso di me. Il suo incedere è lento e studiato, come se procedesse sulla passerella di una sfilata di moda.

«Quello che penso io non conta, caro Bacci.»

Ha agganciato il mio sguardo e non lo molla.

«Cesare sa il fatto suo e se è convinto che le minacce arrivino da un'altra parte io voglio credergli.»

«Vuoi o devi?»

Sussulta.

«Evita le basse insinuazioni.» La mano vibra nell'aria, quasi a picchiare sulla mia per rimbrottarmi, come si fa con i bambini. «Non sono da te.»

«Che ne sai tu?»

«L'hai detto prima, sei un uomo che riesce a fare un lavoro sporco senza sporcarsi.»

Stringe i lembi della vestaglia perché restino chiusi mentre mi si siede accanto.

«Ma anch'io, sai, non sono il tipo che si vende al primo offerente. Ho un lavoro sicuro, un reddito di tutto rispetto e ottime entrature nei salotti buoni di questa città. Non ho bisogno di Almansi più di quanto lui abbia bisogno di me. Quando ho deciso di aiutarlo l'ho fatto perché sono convinto che, a differenza degli altri, manterrà le promesse a costo di farsi ammazzare.»

«Io sono stato assunto perché non succeda.»

«E con te di mezzo probabilmente non succederà.»

Ora i suoi occhi sono diventati una calamita.

«È vero che eravate insieme al liceo e da allora non vi siete più rivisti?»

La mente precipita indietro, lungo le astruse serpentine della memoria.

Come un flash affiora il ricordo di una notte interminabile trascorsa con Cesare alcuni anni dopo la fine del liceo. Una notte dopo la quale, senza una ragione, ci siamo persi di vista. Un ricordo sbiadito, forse il frutto di un'esperienza confusa, ottenebrata dai fumi dell'alcol e dell'hashish.

Ma quando?

E perché?

Sarà stato il Negroni di Maso, così deliziosamente forte, a riattivare la memoria. Deve essere successo dopo che ero uscito di galera. In quel periodo non ero quasi mai sobrio. Se non era il vino o il fumo o i cocktail trangugiati al bar Lino di piazza Alimonda, era la maledetta rabbia.

Torno al presente e incrocio lo sguardo languido di Maso, in attesa.

«Ci siamo rivisti una volta, ma non ricordo altro.»

«Sai una cosa, Bacci?» sussurra abbozzando un sorriso quasi imbarazzato. «Un po' vi assomigliate.»

«Chi?»

«Tu e Cesare. Stessi occhi scuri, stesso piglio diretto nell'affrontare gli altri...»

Il suo turbamento è palpabile. Mi ha aiutato e non voglio ferirlo. Porta la sua mano sulla mia.

«Non nego che ho deciso di lavorare per lui perché lo trovo affascinante. Ti sembra una motivazione frivola?»

«Mi sembra una motivazione plausibile.»

«Dunque non hai preconcetti?»

«Nessun preconcetto, Maso, ma non voglio che tu fraintenda. Per fare l'amore bisogna essere in due.»

Mentre lo dico penso a Lou e mi domando se lei ci fosse davvero. Poi mi viene in mente il mugolio uscito dalle sue labbra al momento dell'orgasmo e mi convinco che sì, con il corpo c'era, fino in fondo. Ma col cuore?

«E noi non siamo in due?»

«Non so fin dove potrei spingermi, ma sarebbe comunque oltre la soglia fissata dal mio desiderio. Non chiedermi di fare qualcosa in nome del politicamente corretto.»

Ora ride, un'altra risata stridula, ma rimane concentrato sull'urgenza della propria eccitazione.

«Come fai a dirlo, se non hai mai provato?»

«Sono cresciuto in strada. Da ragazzi si giocava al dottore nelle baracche e spesso ci trovavamo a essere solo maschi. Mi è bastato così.»

«Ora non siamo più ragazzi...»

«Al telefono hai detto il contrario.»

«Scherzavo...»

«Con la pubertà ci ho dato un taglio. Non è stata una scelta, ma qualcosa che mi ha sovrastato.»

«Che cosa?»

«Forse la storia», aggiungo con un sorriso. «È stata lei a scegliere per me. Sono figlio di comunisti e in quell'ambiente l'omosessualità è sempre stata un tabù.»

«Oh, Bacci», protesta enfatico, «stai parlando dell'era quaternaria! Oggi non è più così...»

«Tu credi? Un conto è applaudire i manifestanti di un gay pride, un altro invitare a cena tuo figlio con il fidanzato. Sai come si dice qui da noi: tutti bulicci, ma con il culo degli altri.»

Nel suo sguardo scorgo una cocente delusione, anche se preferirei non vederla. Ho già la mia con cui fare i conti. Sono sopraffatto da un moto di tenerezza e gli allungo una carezza sulla guancia che lo fa arrossire.

«Scusami, Maso. E grazie di tutto.»

Ci congediamo e quando esco all'aria aperta la crosa si è trasformata in un torrente. La pioggia continua a battere mattoni e ciottoli senza misericordia.

Mi accorgo d'essere furente. Vorrei chiamare il mio vecchio compagno di liceo e chiedergli conto delle sue omissioni. Poi mi dico che forse è meglio prendere tempo e capire perché mi ha nascosto la verità. Raggiungo la stazione della funicolare e mentre aspetto di sentire lo sferragliare della cabina rossa che scende dal Righi lancio un'occhiata al cellulare. Nessuna chiamata da Lou.

Il pensiero corre a Maso e al suo Negroni fin troppo giusto. Dopo tre anni di astinenza, in cui mi sentivo uno schifo ed ero convinto che tutti mi percepissero così, nel giro di quarantotto ore è accaduto qualcosa di inaspettato. L'incontro con la bionda mi ha reso appetibile non solo per me stesso e per le donne, ma anche per gli esseri umani del mio sesso.

7.
BILE

Una ripida salita immette in un cortile che sembra ritagliato fuori dal tempo. Oltre il muro addossato al pendio nell'oscurità sfavilla una manciata di luci. Sono le antiche case rurali che da queste colline hanno osservato nascere, prosperare e morire la grande industria che per due secoli ha segnato l'anima e il paesaggio della valle del Polcevera. Ormai si sono abituate ai capannoni colorati di centri commerciali e megaempori del consumo globale: Coop, Ikea, Unieuro e Leroy Merlin.

Stasera occhieggiano sulla folla che sta radunandosi nella società operaia di Morego dove si svolgerà la cena elettorale, una delle tante promosse – con l'aiuto del passaparola e dei social network – dal volgo disperso che vuole fare di Cesare Almansi un senatore della repubblica.

Maso mi ha telefonato su richiesta del boss, si è raccomandato di non mancare e ha aggiunto ammiccando: «Ci sarò anch'io. Ho la lista degli invitati, potrebbe rivelarsi interessante per la tua indagine».

Sollevato al pensiero che non avesse preso troppo male la mia indisponibilità sessuale, gli ho chiesto indicazioni su come raggiungere il posto e ci siamo dati appuntamento per le sette e mezza.

Sono venuto in Vespa e lo trovo che mi aspetta con un sorriso furbesco sulla porta della palazzina, un blocco squadrato di cemento composto dall'atrio, un minuscolo ufficio, la cucina e la grande sala. Ovunque quadri, fotografie e reliquie della memoria resistente del movimento operaio.

Un trionfo di palloncini colorati e coccarde inneggia al nuovo salvatore della patria. La sala è già colma di gente seduta ai tavoli apparecchiati. Un lungo tavolo addossato alla parete di fondo attende l'arrivo del candidato senza macchia e senza paura.

La cerco tra la folla ma non la vedo. Eppure a una occasione come questa la responsabile dell'ufficio stampa non può mancare.

Maso mi prende sottobraccio e mi guida verso la tribuna d'onore.

«Ci hanno riservato un posto al desco di Cristo e degli apostoli. Chissà che al suo fianco non si sieda l'Iscariota.»

Seduti ci sono la Benzi e un giovane con la barba incolta, i capelli rasta e un vistoso piercing al sopracciglio.

«Quello è Gandolfo», spiega. «Il mago dei computer. La campagna online è nelle sue mani. A guardarlo sembra un punkabbestia, ma in realtà è un genio.»

«Pregiudizi, Maso? Cosa impedisce a un punkabbestia di essere un genio?»

«Quello che impedisce a te di continuare a giocare al dottore con i maschietti.»

Si accosta al mio orecchio, tanto da farmi temere che voglia morderlo, invece sussurra: «Osserva senza farti accorgere il tavolo sull'angolo, quello vicino alla bandiera della società operaia».

Prendiamo posto vicino a Carla Benzi. Dopo i saluti e le presentazioni lancio un'occhiata. Tre uomini corpulenti con la testa rasata, vestiti con maglioni e giacca nera, e una bella donna in tailleur, trucco pesante, aspetto felino e una criniera corvina che ricade aggressiva sulle spalle.

«Chi sono?» bisbiglio.

«Immagino tre gorilla. Li hai visti i muscoli?»

«Da qui non si vede gran che...»

«È che non ci fai caso», mugugna alzando gli occhi al soffitto. «Non ho speranza, sei proprio passato dall'altra parte.»

«Gorilla di chi?»

«Indovina.»

«E la donna?»

«È l'amante di Morabito. Si dice che sia lei il vero manager della ditta.»

«Cazzo! Ma che ci fa certa gentaglia in un posto come questo?»

Addenta un pezzo di pane e versa vino rosso per tutti. Carla e Gandolfo ringraziano. Solleviamo i bicchieri di plastica e brindiamo.

«A Cesare», declama Maso.

«Al senatore», risponde Carla.

Lo spin doctor di Almansi mi guarda di traverso e sorride divertito.

«Non sapevi che in chiesa ci vanno anche gli assassini? La casa di Dio è aperta a tutti.»

«Non saranno venuti per fare la comunione.»

«Il pane e il vino non mancano.»

«Fottiti, Maso. Ti sembra normale?»

«*Normale*, che brutta parola!» replica accentuando tono e movenze da checca. «Che male c'è? Saranno qui per affari. Peccato, detective, che tu non faccia la domanda giusta...»

«Chi li ha invitati?»

«Ora ci siamo! Non si sa. Ce li siamo trovati nella lista e nessuno è in grado di spiegare come ci siano finiti.»

«Chi ha compilato la lista?»

«Una compagna della società. Ma non ha colpe: arrivavano le telefonate di prenotazione e lei scriveva i nomi.»

«Qualcuno li avrà invitati.»

«*Bien sûr*! Ma il solo modo per saperlo sarebbe chiedere a loro.»

Assapora due sorsi di vino e mi dà di gomito.

«Ma non è finita. Lo vedi quel tizio con i capelli bianchi e la barba, seduto a capotavola in mezzo alla sala?»

Scruto fra le teste e scorgo un uomo sulla cinquantina, giacca di tweed e camicia Oxford con il colletto aperto, che chiacchiera amabilmente con la signora al suo fianco. Dalla bocca gli penzola un mezzo toscano spento.

«Si chiama De Paoli, è un architetto che sta tampinando Cesare da quando è cominciata la campagna elettorale. Uno studio in via XXV Aprile, uno a Roma e buoni agganci con l'Opus Dei.»

«E allora?»

«Non abbiamo ancora capito cosa voglia da noi.»

«Ha un'aria innocua da bonaccione, forse convertirvi al verbo cristiano.»

«Più facile appiopparci qualche derivato tossico dello IOR.»

Dall'anticamera si levano grida di saluto e applausi. Cesare Almansi è arrivato. Lo vedo entrare nella sala stringendo mani e dicendo la parola giusta a ciascuno. Li riconosce tutti uno per uno, i suoi sostenitori, e con quelli che non conosce si sofferma a parlare e chiede nome e cognome. Mi domando come faccia a ricordarsi tante facce e tanti nomi. Lo accompagna il fido Berto che lo ha portato fin qui.

Si è sfilato il giaccone e ha preso posto al centro del tavolo. Indossa pullover e jeans, come quando eravamo ragazzi. Il solito Orengo, impeccabile nel suo gessato, gli sta appiccicato come una patella e si è seduto vicino a lui. Gandolfo, il punkabbestia genio dei computer, si è spostato all'estrema sinistra, tra l'assessore e il posto rimasto vuoto. Stasera mancano solo Katia e Lou.

Maso non perde occasione per commentare.

«Ora che c'è l'Iscariota, il cenacolo è servito. Stiamo a vedere se lo bacia sulla guancia.»

Dove sarà finita la bionda?

Dai tavoli inizia un battimani ritmato.
«Discorso! Discorso!»
Maso versa altro vino.
«Ma dove credono di essere? A un pranzo di nozze?»
«Sto girando dalle sei di questa mattina», si scusa Almansi, quasi completamente afono. «Ho cominciato con il mercato ortofrutticolo, qui a Bolzaneto, sono passato per una scuola di Marassi e ho battuto i mercati rionali di mezza città. In tutto il giorno ho mangiato un toast. Che ne direste se il discorso lo facessi dopo cena?»
Altro applauso e grida di approvazione.
«Certo che alle serate di Albaro e Castelletto queste cose non succedono», brontola Maso scuotendo la testa. «Nei quartieri dei ricchi non si prendono voti.»
«Ti sbagli, mio caro. Almansi prenderà voti ovunque, ci puoi giurare.»
Improvvisamente, dall'atrio dove si sono radunati i soci muniti di grembiule pronti a servire le prime portate, sbuca lei, la bionda Lou. Trafelata e con il viso tirato dalla stanchezza, stringe una cartella di cuoio sotto il braccio. Dall'orecchio pende il solito filo dell'auricolare. Il suo sguardo trasvola sulla sala e si arresta quando incrocia i miei occhi. Mi saluta con un cenno del capo, al quale rispondo con un sorriso che mi sfugge prima che me ne accorga.
«È arrivata anche la divina», commenta Maso. «Ha la faccia delle serate no. Speriamo che non morda nessuno.»
«Non essere invidioso, ragazzo. C'è posto per tutti a questo mondo.»
«Si vede che non conosci il tipo.»
«Illuminami.»
«Se le dai ragione e non la contraddici, un agnellino.»
«Altrimenti?»
Sfiora il bicchiere e fa schizzare via la mano.
«Chi tocca i fili muore.»
Cesare la vede e le fa segno di accomodarsi al tavolo.

Lei saluta sollevando il braccio, si toglie il piumino e va a occupare il posto che le hanno riservato, dalla parte opposta a quella dove siedo io.

Irrompono i camerieri con i piatti fumanti della prima portata, tagliatelle al sugo di cinghiale. Un profumo di salmì si diffonde nell'aria e a poco a poco sulla sala scende il silenzio. Una donna esile e allampanata che deve avere passato i settanta ci porge il piatto e Maso le chiede di avvicinarsi. Si conoscono perché lui la chiama per nome, Maria. Parlottano a bassa voce, ma riesco a sentire tutto quello che dicono. Maso suggerisce di servire il tavolo dei bellimbusti e domandare chi sono e da chi sono stati invitati.

«Di' che non li hai mai visti», aggiunge, «e fa' in modo che tutto sembri naturale.»

La donna lo scruta di sghimbescio.

«Maso, ci vuole poco», risponde in genovese. «Non li ho mai visti davvero.»

Seguo l'operazione che fila liscia come l'olio, tra sorrisi e scambi di battute. A parlare è solo la pantera nera, gli altri si limitano ad annuire. Terminate le tagliatelle, Maso estrae un portasigarette d'argento, lo apre e sfila una sigaretta sottile che porta alle labbra. Quindi si avvia verso l'uscita. Dopo qualche minuto lo vedo tornare con un'espressione contrariata.

«Dicono che hanno letto il volantino e hanno deciso di partecipare. Tifano per Almansi, non vedono l'ora di votarlo.»

«Si sono presentati?»

«Ha parlato solo lei e certo non ha declinato le proprie generalità. Dice di chiamarsi Marina e di lavorare al mercato dell'ortofrutta.»

«Magari è vero.»

«Niente di più facile, da tempo la 'ndrangheta ci ha messo gli occhi sopra.»

«Quali nomi hanno fornito per prenotare?»

Maso scuote il capo, sconsolato.
«Marina e tre amici.»
La mia attenzione oscilla tra il gruppo dei mafiosi e l'estremo opposto del nostro tavolo, dove siede la bionda Lou. Parla fitto fitto con Gandolfo e sembra che abbiano un mucchio di cose da dirsi. Comincio a innervosirmi e vorrei essere lì, in mezzo a loro, per spiare i loro discorsi.
La solerte Maria ci porta il secondo piatto, cinghiale in umido con patate arrosto. Bevo due, tre bicchieri di vino, trangugiandoli d'un fiato uno dopo l'altro. Maso me lo fa notare.
«Hai uno strano rapporto con gli alcolici, ragazzo. Non bevi, ingurgiti. Lo hai fatto anche a casa mia con il Negroni.»
«Bevo per tamponare.»
«Che cosa devi tamponare?»
«La bile.»
Dopo il dessert, il caffè e l'ammazzacaffè il presidente della società operaia porge il microfono ad Almansi con l'aria di scusarsi e lo invita a parlare.
«Solo due parole», precisa.
Lui si alza in piedi e ringrazia gli organizzatori e tutti gli intervenuti.
Vedo De Paoli, l'architetto legato all'Opus Dei indicatomi da Maso, che sguscia via dal tavolo e si allontana verso l'uscita con mezzo sigaro appeso alle labbra.
Mentre Cesare attacca il suo discorso anche donna Marina abbandona i gorilla e con passo deciso attraversa la sala diretta verso l'atrio. Si è gettata sulle spalle una costosa pelliccia e procede su tacchi di altezza ragguardevole senza mostrare il minimo disagio. Del resto è minuta e non supera il metro e sessanta – una pupa del boss formato mignon – e non sembra il tipo a cui piace guardare il mondo da sotto in su.
È arrivato il momento di muovermi. Stringo il braccio di Maso e bisbiglio: «Vado a fare il mio lavoro».

Si limita a un cenno di assenso. Sta ascoltando il suo idolo, perso in una nuvola di beatitudine alcolica che gli dipinge sul volto un sorriso ebete.

Esco nel cortile illuminato e mi guardo intorno. Nessuno. Il freddo si è fatto più intenso. Tendo l'orecchio e dall'angolo di sinistra dell'edificio mi arriva uno scambio concitato di battute, un mormorio dove a dispetto del basso volume si percepiscono furia e violenza. Mi avvicino cercando di non fare rumore. Riconosco una voce baritonale che balbetta e quella di una donna che lo incalza.

«...dunque non ci sta.»

«Datemi tempo, ho la mia carta vincente.»

«Lei non ha ancora capito che la sua carta vincente siamo noi.»

«C'è qualcuno in grado di metterlo alle corde. Siamo a buon punto.»

«A buon punto? A quanto ci risulta il disegno di legge è pronto per essere depositato.»

«Quel progetto non sarà mai approvato. Le destre lo avversano e anche una parte degli altri...»

«Non mi sono spiegata. Quel progetto non deve essere neanche presentato, è chiaro?»

«Ci stiamo arrivando.»

Ho sentito abbastanza. Scantono e nel buio vedo la punta rossa del sigaro di De Paoli che volteggia nell'aria. È seduto su una panchetta e la donna, in piedi, gli sta piantata di fronte.

«Buonasera», pronuncio a voce alta, dopo avere emesso due colpi di tosse. «Disturbo?»

«Si figuri», risponde lui, cercando di darsi un tono. «Se non sbaglio lei è il compagno di scuola di Almansi. Cesare mi ha raccontato. È uscito per fumare?»

«Se mai per origliare.»

«Non vedo cosa ci sia...»

«Falla finita, De Paoli, e spiegami di quale disegno di legge state parlando.»

«Conosce il mio nome?»

«Me l'ha sussurrato un uccellino. Allora, vuoi rispondere?»

«Disegno di legge?»

«Signora», dico rivolto alla donna, «secondo lei l'architetto è scemo o lo fa?»

La sua risposta non è all'altezza dei suoi tacchi, anche se il tono taglia come la lama di un rasoio.

«Che cazzo vuoi, stronzo? Io non ti conosco.»

«Neanch'io, ma si può sempre rimediare.»

«Perché non ti togli dai piedi?»

«Architetto, che razza di gente frequenti? Non senti puzza di malavitosi?»

La sua reazione mi coglie di sorpresa. Scatta in piedi e mi viene incontro.

«Come ti permetti? La signora è mia amica.»

Mi ritrovo la sua faccia a pochi centimetri dalla mia, l'alito leggermente alcolico che fumiga nell'aria e una voce sprezzante, che intima: «Pagano, non azzardarti mai più a mancarle di rispetto».

«Dunque sei stato tu a invitarla?»

«Sicuro. Hai qualcosa in contrario?»

Sto per rispondere quando mi sento afferrare da dietro. Due braccia che sembrano tenaglie mi serrano i gomiti contro il busto e mi fanno ruotare su me stesso. Faccio appena in tempo a scorgere il faccione di una delle teste rasate quando un mostruoso ariete mi trafigge all'altezza dello stomaco, un pugno che quasi mi trapassa da parte a parte. Mi piego in avanti e sento un fiotto di vino rosso misto a sugo di cinghiale esplodermi in gola. Sputo e arriva il secondo colpo. Un uppercut che si stampa contro la mandibola e fa torcere la testa di lato.

Rimango per un attimo senza conoscenza e avverto le gambe farsi molli come burro. Poi traggo un respiro profondo e sollevo lo sguardo. Il bastardo che mi ha colpito non è solo. Dietro di lui c'è un altro picchiatore ed entrambi mi guardano con l'espressione compiaciuta.

Mentre il terzo continua a tenermi le braccia bloccate mi concentro sui muscoli delle gambe. Ora sembrano salde e ben piantate in terra. Riprendo fiato e avverto la pelle sotto lo sterno e sul volto bruciare e il dolore dà la stura a una furia lucida che diventa piano d'azione. Ci metto tutta la forza e con la gamba destra affibbio un calcione all'energumeno che mi abbraccia da dietro. Il tacco della scarpa lo prende in pieno sul perone e gli strappa un urlo di dolore. La tenaglia si allenta e riesco a liberare le braccia. Quello che mi sta davanti fa per colpire di nuovo ma con la sinistra riesco a ripararmi e a far partire un destro che gli spacca il naso.

Il suo compare mi si avventa contro inferocito. Spinge la mano aperta sulla mia faccia e mi fa arretrare di qualche passo, quando arriva una botta tremenda sul collo che mi dà la sensazione che qualcosa si sia spezzato. Mi piego sulle gambe e il bastardo ne approfitta per assestarmi una ginocchiata sul volto che mi stende definitivamente.

Sento la voce della donna.

«Via di qui, non è più aria.» Poi, rivolta a De Paoli, in tono sprezzante: «Ci risentiamo, architetto».

Riapro gli occhi e, come d'incanto, la vedo. Lou è comparsa nella luce che spiove dall'ingresso della società operaia. Mi guarda con il terrore negli occhi. Si china su di me e mi solleva la testa.

«Che ti hanno fatto?» domanda.

«Rischi del mestiere», rispondo articolando una smorfia che vorrebbe essere un sorriso e mi fa gemere di dolore.

Ho la bocca piena di un liquido rosso, non so se sia vomito o sangue. Sputo ripetutamente di lato. Quindi mi sollevo.

«Aspetta», supplica con una voce insolitamente dolce, «potresti avere qualcosa di rotto.»

Quando sono in piedi cerco De Paoli, che è rimasto immobile e ora mi guarda con aria spaventata. Gli vado incontro e lo afferro per il bavero della sua giacca di tweed.

«Te la fai con i mafiosi, figlio di puttana?»

«Lasciami!» grida. «Quelli non sono mafiosi.»

«Certo che no, sono bravi ragazzi. Guarda come mi hanno conciato.»

«Sei stato tu a provocarli.»

«Parliamo del disegno di legge, quello che non deve arrivare in aula.»

«Che vuoi saperne, tu?»

«Abbastanza per romperti le ossa. Che mi dici dell'idea di rendere i materiali di bonifica tracciabili come un assegno non trasferibile?»

Gli occhi spalancati dal terrore, prende ad ansimare più forte.

«Tu sei pazzo, lasciami andare!»

Dal cortile arrivano passi e voci concitate. Riconosco quella di Cesare che ordina: «Fai in modo che non esca nessuno».

«Ci penso io.»

A rispondere è stato Berto.

Cesare irrompe mentre sto scuotendo De Paoli come un fantoccio di pezza.

«Bacci», mi investe sforzandosi di non alzare il tono della voce. «Per l'amor di Dio!»

Si frappone tra me e l'architetto e subito si accorge delle mie condizioni.

«Ma che ti è successo?»

«Chiedilo al tuo amico De Paoli che se la fa con gli sgherri della 'ndrangheta!»

«Non mi stupisce, ma ora mollalo!»

Do una spinta al finto bonaccione, che si abbatte sulla

panca rischiando di fracassarla, e mi rivolgo a Cesare a muso duro.

«Io e te dobbiamo parlare.»

«D'accordo», replica afferrandomi per le braccia. «Ma ora calmati. Guarda come sei ridotto!»

«Perché non mi hai detto del disegno di legge sullo smaltimento dei rifiuti?»

«Perché non c'entra con il tuo incarico.»

«Mi hai mentito. Perché l'hai fatto?»»

«Non sono loro che vogliono la mia pelle.»

«Ti ho parlato di criminalità organizzata e hai fatto finta di non sapere niente.»

«L'ho fatto per proteggerti.»

«Proteggermi? Tacendomi informazioni essenziali?»

«Devi credermi, quella gente non ha a che fare con le minacce.»

«Dovevi parlarmene lo stesso, perché non lo hai fatto?»

«Possibile che tu non capisca?» Implora con un nodo di magone in gola. «Non voglio che ti faccia ammazzare.»

Una fitta violenta sale dallo stomaco fino alla strozza. Porto le mani sulle cosce e mi piego per vomitare. Lou si avvicina e mi appoggia la mano sulla fronte. Ha assistito al nostro diverbio senza dire una parola.

«Ora rientriamo», dice Almansi a De Paoli. «Di questa storia non deve trapelare niente. Se arriva alla stampa, è finita.»

«Mi dispiace», farfuglia l'architetto.

«Dispiacersi non basta, ne parleremo più tardi.»

Quindi si rivolge a Lou.

«Prendi la macchina e porta Bacci a casa. Se è necessario, chiama uno dei nostri amici dottori. E se è possibile evitiamo gli ospedali.»

Restiamo soli nella semioscurità, io e la bionda. Riesco a percepire il suo profumo mentre continua a reggermi la fronte e io riprendo a vomitare vino, pezzi di cinghiale e, forse, qualche grumo del mio sangue.

8.
NIENTE CHE TU NON VOGLIA DARMI

Mi risveglio nella mia stanza, immersa in una soffice penombra. Dalle serrande abbassate piovono spruzzi di luce che si dissolvono nell'aria come vapore. Dopo giorni e giorni di pioggia, che sia finalmente uscito il sole?

Lou ritta in piedi mi guarda dal fondo del letto, i pollici infilati nelle tasche dei jeans e il volto segnato dalla preoccupazione e da una stanchezza senza rimedio, quasi fosse rimasta a vegliarmi tutta la notte.

Le sorrido.

«*Buenos días, señorita Suárez.*»

«Ti fa molto male?»

La voce è più rauca e profonda del solito.

«Sei sicuro di non avere niente di rotto?»

«Tranquilla, non è la prima volta che succede.»

«Me ne sono accorta, il tuo torace sembra una carta geografica. Come ti sei fatto tutte quelle cicatrici?»

Per vederle ha dovuto vestire i panni della crocerossina. Al diavolo, quando abbiamo fatto l'amore forse non mi ha neanche guardato, tutta concentrata sul proprio piacere. Come se non esistessi.

«Incidenti sul lavoro», rispondo sbadigliando. «Che ore sono?»

«Le otto e un quarto. Hai dormito sodo.»

«E tu?»

«A singhiozzo, non mi sentivo tranquilla.»

«Dove hai dormito?»

Indica il posto accanto a me. Il piumino è intatto, si è coricata senza svestirsi. Però ricordo che mi ha aiutato a spogliarmi e la sua sorpresa quando ho sfilato i calzoni.

«E le mutande?» ha domandato.

«Non le porto.»

«Tu sei pazzo», ha concluso.

Nudo come un verme, avverto il gonfiore del labbro dove è arrivata la ginocchiata e quando provo a stirarmi una fitta mi azzanna il collo. Mi sento tutto indolenzito, anche se i primi colpi, allo stomaco e alla mandibola, per fortuna non hanno lasciato strascichi.

«Ho fatto il caffè, ne vuoi?»

«Grazie, senza zucchero e con un goccio di latte freddo.»

Esce e mi lascia solo. Quando torna con la tazzina fumante e il piattino del servizio buono si siede sull'orlo del materasso quasi fosse il capezzale di un ferito di guerra. Ha tolto gli stivali e nelle pantofole di spugna si muove silenziosa come un gatto.

«Hai avuto coraggio, potevano ammazzarti.»

«Non esageriamo. Un omicidio gli avrebbe procurato troppe grane.»

«Quella gente se ne infischia delle grane.»

«Hanno grossi affari in ballo», dico cercando di sollevarmi. «Non gli conviene smuovere le acque.»

«Sporgerai denuncia?»

«Perché me lo domandi?»

Scrolla le spalle e nella voce risuona una nota falsa, imbarazzata.

«Non ti capiterà tutti i giorni...»

«Lascia perdere», taglio corto. «Lo hai sentito Almansi? Se la faccenda arriva alla stampa, la campagna elettorale è compromessa.»

Con delicatezza mi sistema i cuscini dietro la schiena.

«E se ci avessi lasciato la pelle?»

«Certo che sei un bel tipo, Lou.»

Subito si irrigidisce, sulla difensiva.

«Che vuoi dire?»

La guardo di traverso e comincio a sorseggiare il caffè.

«Ci vuole un corpo dolente perché tu te ne prenda cura.»

«I corpi sani non hanno bisogno d'essere assistiti.»

«Quando abbiamo fatto l'amore ho avuto la sensazione di non esistere per te.»

«Forse non esistevi davvero.»

«Allora perché l'hai fatto?»

Ride. Un riso forzato, sotto cui cova un'irritazione pronta a esplodere.

«Non rispondi?»

«Sai qual è il tuo peggior difetto?» replica secca. «Sei insistente e inopportuno.»

«Cerco di capire.»

«Non c'è niente da capire. Ho passato la notte in bianco, mi aspetta una lunga giornata di lavoro e tu non trovi di meglio che fare domande senza senso. Cosa vuoi da me, Bacci Pagano?»

«Niente che tu non voglia darmi.»

«Bene», chiude in tono sbrigativo. «Allora accontentati di quello che ti do e piantala con le romanticherie.»

Ho finito il caffè. Mi strappa dalle mani tazza e piattino e lascia la stanza.

Mi sento uno straccio. Mi chiedo quali colpi abbiano fatto più male, se quelli inferti dai mafiosi o le sue parole. Da dove provenga tanta durezza, e una così ispida suscettibilità. Maso ha ragione, parlarle è come camminare su un terreno minato. Tocchi il filo sbagliato e ci lasci la pelle.

Ricompare sullo stipite della porta, la faccia pallida, stanca e insieme indispettita.

«Tra poco dovrò andare. Posso fare una doccia?»

«In bagno troverai un accappatoio pulito.»

«Il tuo andrà benissimo.»

«Appeso alla porta c'è quello rosa.»
«Non è di tua figlia?»
«Mia figlia continua a indossare il mio.»
«Non ha ancora superato il complesso di Edipo?»
«Neanch'io.»
«Sei rimasto un mammone?»
«Mia madre è morta più di trent'anni fa. Ma tu le assomigli come una goccia d'acqua.»
«Ci mancava solo questa...»
Sparisce alla vista. Lascia la porta del bagno aperta, sento l'acqua scrosciare e dopo qualche minuto il suo corpo si materializza nella stanza come una tassativa affermazione di vita che profuma di olio di argan e reclama attenzione e desiderio. Porta i capelli raccolti sulla nuca, stretti con un elastico, e indossa il mio accappatoio azzurro. Mi scruta in tralice con un'espressione di complicità.
«Fisicamente?»
«Prego?»
«In che senso assomiglio a tua madre?»
«Lei aveva i capelli neri e gli occhi scuri come i miei. Tutti dicevano che sembrava una zingara.»
«E allora?»
«Era irraggiungibile, proprio come te.»
Sorride e si siede sulla sponda opposta del letto.
«Irraggiungibile?»
«Inafferrabile. Sfuggente. Con mio padre, e anche con me. Non sono mai riuscito a capire quando fosse contenta e quando no, se mi vedesse o avesse la testa altrove, quale fosse la cosa giusta da fare o da dire per farle piacere...»
«Insomma, non sapevi se ti amava o no.»
«Più o meno.»
«Allora sgombriamo il campo: io non ti amo, così la mia somiglianza con tua madre finisce qui.»
«Tranquilla, non mi sono fatto illusioni sul tuo conto.»

«Invece credo di sì.»
«Allora sì, me le sono fatte.»
«Voi uomini avete una specialità, quando parlate dell'amore lo fate a vanvera.»
«Perché l'amore è una cosa seria, vero?»
«Seria o no, vi mancano i fondamentali per comprenderla.»
«Fortuna che ci pensate voi a farne una religione.»
«Non una religione, una patologia.»
«Che a quanto pare non ti tocca.»
«Cosa ti aspettavi?» sussulta. «Che dopo la prima scopata cadessi ai tuoi piedi come una pera cotta? Mi domando se la tua sia presunzione o se consideri le donne delle stupide.»
«E se fosse semplicemente abitudine?»
«Sei un egocentrico senza speranza.»
«Qualche pregio dovrò pur averlo. Dopotutto mi hai lasciato il biglietto da visita.»
«I biglietti da visita sono come lo smartphone, strumenti di lavoro. In questa campagna ne avrò distribuiti a centinaia...»
«E sei andata a letto con tutti?»
Non riesce a trattenersi dal ridere.
«Sai che ti dico, Bacci Pagano? Vaffanculo!»
Si allunga sul letto e mi rifila un pugno contro la spalla. Il movimento le apre l'accappatoio scoprendo un seno e l'ombra del pube.
Prima che si ricomponga la afferro per un braccio e la tiro verso di me. Finge di resistere e protesta con voce di bambina imbronciata.
«Lasciami! Devo correre al comitato...»
La rovescio sul letto e le sono sopra. Siamo entrambi nudi e il profumo dei suoi capelli e il contatto della pelle mi provocano un'improvvisa erezione. La bacio sul collo e lei mi lascia fare, sento il suo respiro farsi corto e

frequente, ma quando cerco di penetrarla serra le cosce e mi respinge.

«Non farti strane idee», sussurra.

«Strane idee? È la cosa più naturale del mondo.»

«Non senza protezione. Hai un preservativo?»

È corsa subito in bagno e ritorna nuda, con gli indumenti ripiegati sul braccio, pronta a rivestirsi. Un'espressione di scherno aleggia sul volto.

«Non ti facevo così previdente.»

«Le persone previdenti non si fanno gonfiare di botte.»

«Allora sei un bugiardo.»

«Solo per forza maggiore, quando non posso farne a meno.»

«Uno che da tre anni non tocca una donna non tiene la scorta di preservativi nel comodino.»

«L'hai detto tu che sono un nostalgico. Adoro i souvenir...»

Per tutta risposta, con un gesto deciso allarga le mutandine e si piega in avanti per infilarle.

«Ehi, non puoi andartene così. Rimani ancora cinque minuti...»

Mi guarda di traverso, indecisa sul da farsi. Quindi con aria riluttante indossa l'accappatoio e si allunga vicino a me.

«Giusto perché ieri sei stato un eroe», sospira.

È sdraiata sul fianco, il gomito piantato nel cuscino e la testa appoggiata sul palmo della mano. Mi studia in attesa di una domanda che è già pronta a rintuzzare.

«Come sei finita all'ufficio stampa di Almansi?»

«È una storia vecchia. Anzi», si corregge, «antica.»

«Le storie antiche mi hanno sempre affascinato.»

«Conosco Almansi da quando ero ragazzina. Lui e mia sorella erano compagni di università.»

«Hai una sorella?»

«L'avevo.»

La voce si è fatta ancora più rauca e gli occhi come d'incanto si sono spenti, sigillati dalle palpebre. Quando li riapre mi guarda senza vedermi, la mente perduta in un insondabile buco nero.

«È morta. Trentatré anni fa.»

«Mi dispiace», mi scuso, e nel farlo mi sento falso e insieme stupido.

«Non vedo perché», mormora. «Non potevi sapere.»

«Come è successo?»

«L'hanno uccisa. Il suo corpo è stato ritrovato da un escursionista la mattina del 10 agosto 1980 in un bosco sulla strada per San Rocco di Camogli. Il cranio spaccato con una pietra. Ricordi il delitto del monte di Portofino? I media ne hanno parlato per mesi.»

Erano i giorni in cui ero appena uscito di galera. Le mie prime ore di libertà dopo cinque anni di clausura. Non leggevo volentieri i giornali.

Quando marcivo nel carcere di massima sicurezza di Novara erano stati il mio unico legame con il mondo e ora cercavo altro. Qualcosa di fisico, materiale per riempire il vuoto di cinque anni gettati nel cesso. Un legame con il mondo fatto di viaggi, bevute, amore e sesso. Però quel delitto lo ricordavo bene.

«Se non sbaglio, l'assassino non è mai stato trovato.»

«Non sbagli», conferma scuotendo la testa. «Le indagini hanno girato a vuoto per anni. Dovrei dire per sempre.»

Qualcosa non mi torna.

«Ma la ragazza», dico quasi parlando con me stesso, «non si chiamava...»

«Suárez? Infatti si chiamava Adele...»

«Semeria!»

«...Semeria.»

Ci è uscito all'unisono, come una preghiera.

«Era nata dal primo matrimonio di mia madre. Alla mamma gli uomini non hanno portato fortuna. Si è ritrovata vedova a venticinque anni con una figlia che ancora non andava a scuola, e poi non ha trovato di meglio che sposare il signor Suárez.»

Una smorfia di disprezzo le torce le labbra.

«Quel grand'uomo di mio padre... Adele e io lo chiamavamo *desaparecido*. Non perché fosse tra i perseguitati della dittatura argentina, anzi, esportava carne in Europa e probabilmente era colluso con la giunta militare, ma perché la sua specialità era scomparire. Partiva all'improvviso e per settimane non si faceva più vedere, impegnato a inseguire qualche nuova amante. Il padre latitante, la mamma costretta a lavorare fino a ore impossibili, ad Adele è toccato prendersi cura di una sorella che aveva appena otto anni meno di lei.»

«Dunque è stata qualcosa di più che una sorella.»

Le labbra sono percorse da un fremito e deglutisce qualcosa, forse una lacrima.

«Era la sola persona con cui mi confidavo. Dopo la sua morte mi hanno torchiato come se fossi stata io a ucciderla. Al magistrato sembrava impossibile che non mi avesse detto con chi doveva incontrarsi quella sera.»

«Non l'ha detto?»

«Certo che no!» sbotta. «Ero io che mi confidavo, Adele non parlava delle sue cose con una mocciosa di quattordici anni.»

«E così hai conosciuto Cesare.»

«Veniva a studiare a casa nostra. Lui non mi considerava, ma appena lo vedevo il cuore cominciava a battermi a mille. Mi sembrava un dio, con quegli occhi neri, magnetici...»

Resta in silenzio, lo sguardo e le labbra socchiuse che inseguono un ricordo tanto remoto da sconfinare nel sogno e nella favola.

Poi riprende: «Dopo la morte di Adele, Almansi è stato molto vicino a mia madre. Ancora oggi pranzano insieme almeno una volta al mese. Inutile dire che lei stravede per lui».

«Tutti stravedono per lui. Deve essere una specie di karma.»

La battuta le strappa un risolino pallido, tirato come il suo volto.

«Dunque avete continuato a frequentarvi finché ha deciso di darsi alla politica.»

«Frequentarci è una parola grossa. Ci incontravamo due, tre volte l'anno a casa di mia madre. Prima che arrivasse la crisi ho lavorato come addetto stampa in diverse aziende di Genova e Milano. Quando gli hanno offerto la candidatura lui aveva bisogno di una persona fidata e io di un lavoro, così mi ha chiamato.»

«Posso farti una domanda?» azzardo.

«Sentiamo.»

«Se l'hai conosciuto quando frequentava l'università, perché l'altra sera, a cena, mi hai chiesto com'era al liceo?»

Torna ad accigliarsi e nel tono della risposta freme una collera dolorosa, quasi avessi smosso una spina conficcata nella carne viva.

«Che domanda idiota!»

Si solleva e scende dal letto. Raccoglie i vestiti e fa per avviarsi in bagno.

«Mi chiedo perché me ne stia qui a perdere tempo con te.»

«Non mi sembra così idiota.»

«Il liceo e l'università si frequentano a età diverse, no?»

Scrollo le spalle.

«Non troppo diverse.»

«Allora provo a spiegarmi: quando l'ho conosciuto ero io a frequentare il liceo. Lui era già un uomo.»

«Vuoi dire fuori della tua portata?»

«Esatto! Quante volte ho provato a immaginarmi come fosse alla mia età...»

«Ho capito, è stato un amore impossibile.»

Sbuffa, ma sembra quasi divertita.

«Non sarai geloso di Almansi?»

Ebbene sì, sono geloso di Almansi. Di lui, di Gandolfo e di tutti gli uomini che le girano intorno. Ma non glielo dirò mai.

Invece chiedo: «Adesso che fai, scappi?».

«Devo andare a lavorare. *La-vo-ra-re.* Hai idea di cosa significhi?»

«Non si può dire che l'intimità sia il tuo forte.»

Mi guarda come se fossi uno scarafaggio e per un attimo ho l'impressione che cominci a simpatizzare con i picchiatori della 'ndrangheta che mi hanno ridotto così.

«Sai una cosa?» bofonchia tra i denti. «Tu credi di conoscermi, ma questo non è un problema mio.»

«Scopare è un buon metodo per conoscere le persone.»

«Davvero?»

Regge tra le mani i vestiti diventati un mucchio di stracci, in bilico sulla soglia della stanza come se fosse il bivio dell'esistenza. Incerta se proseguire la conversazione oppure uscire dalla mia camera da letto – e dalla mia vita – per sempre.

«Se vuoi ti sciorino un elenco.»

«Un elenco di che?»

«A proposito di sesso e intimità.»

«Un elenco di stronzate?»

«Esigere la membrana del preservativo, non baciare sulla bocca, saltare giù dal letto subito dopo averlo fatto, correre a lavarsi, continuare a dire "voi uomini"...»

«E allora?»

«Questi comportamenti non ti ricordano niente?»

Si è fatta paonazza. Quello che ci voleva per aiutarla a decidere.

«Sai che ti dico?»

«Vaffanculo?»

«Tu e le donne vivete su mondi diversi. Non le conosci, non le capisci.»

Aspetta una mia risposta che tarda ad arrivare.

«E ora sì, vaffanculo!»

Fugge in bagno, si riveste, forse si rifà il trucco. La sento mugugnare qualcosa, ma non afferro quello che dice. Prima di uscire sul ballatoio, la porta già aperta, mi vomita addosso la sua rabbia urlando a squarciagola: «Cerca di non fare più l'eroe, Bacci Pagano. Perché la prossima volta l'infermiera te la dovrai pagare!».

Sento la porta sbattere con forza e mi dico che, in fondo, questo non è che il retro del suo biglietto da visita, il lato che preso dall'entusiasmo avevo omesso di leggere.

9.
A MODO MIO

Una prolungata doccia bollente e sono di nuovo in strada. Un sole gelido ha restituito colore alle case di piazza Sarzano e alla facciata dipinta della chiesa di San Salvatore.

Il mio appartamento, all'ultimo piano di un palazzo degli anni Cinquanta, svetta fra due chiese e due conventi sconsacrati che sono stati convertiti in auditorium, museo e facoltà universitaria. Sia stato orgoglio laico o carenza di vocazioni, personalmente ne ho ricavato il piccolo vantaggio di ascoltare un concerto o una sinfonia dall'inizio alla fine senza essere disturbato dal fragore delle campane che ogni mezz'ora impazzano in ogni angolo della città vecchia.

Del resto, certe domande non interessano più a nessuno. La storia sedimenta monumenti e macerie tirando i dadi, peccato che anche le nostre esistenze siano premi in palio del medesimo gioco al massacro.

Con questi pensieri che frullano in testa come uccelli presi nella rete, mi avvio mezzo claudicante allo studio dell'architetto De Paoli in via XXV Aprile. Sopra le case di Ravecca la striscia turchese del cielo è attraversata da trecce di nuvole grigie che la tramontana sospinge verso il mare.

Dopo avere controllato l'indirizzo ho deciso di presentarmi senza essere annunciato. Chissà che l'effetto sorpresa, in questa indagine che sempre più assomiglia a un teatrino di marionette, non sortisca qualche esito insperato.

Se a una manifestazione del candidato puro come un giglio partecipano uomini della 'ndrangheta e loro sodali, perché mai dovrei sentirmi in dovere di muovermi con la massima cautela?

Cesare Almansi mi ha taciuto informazioni essenziali, mettendo a repentaglio la mia sicurezza e lasciando che i gorilla di Morabito mi facessero le feste. Ho guadagnato sul campo il diritto di fare a modo mio.

Attraverso piazza Matteotti e De Ferrari e arrivo davanti a un portone che solo a guardarlo mette soggezione. Una lustra targa dorata attesta pomposamente che al quarto piano, interno otto, lo studio dell'architetto Annibale De Paoli torreggia su una delle più esclusive strade del centro.

Mi infilo nel vecchio ascensore e premo il pulsante numero quattro. Nello specchio mi imbatto nella faccia di un uomo che stento a riconoscere. Il volto tirato, gli occhi stretti come fessure, un senso di smarrimento nella linea storta che chiude le labbra mezzo tumefatte. Non so se è desiderio o paura, ma sento che sto perdendo qualcosa, o forse sono io che sto per perdermi.

Una porta di vetro opacizzato su cui campeggia la scritta: STUDIO DE PAOLI – ARCHITETTO lascia filtrare sul ballatoio una luce asettica e incolore. Suono il videocitofono e la serratura scatta.

L'arredo ultramoderno che mi viene incontro, insieme a una signorina platinata vestita con un completo blu che sembra la divisa di una hostess, trasmette lo stesso gelo della strada. Un grande ufficio openspace deserto con il pavimento di ardesia e le pareti tinteggiate di bianco, disseminato di scrivanie accessoriate con computer e altre diavolerie elettroniche. Bianco e nero, vetro plastica e metallo ovunque, senza un tocco di legno che riscaldi e ammorbidisca l'aria. Anche il sorriso della ragazza è di plastica e non scalda il cuore.

«Buongiorno», squittisce. «Posso esserle utile?»

«Vorrei parlare con l'architetto De Paoli.»

«Chi devo annunciare?»

«Cesare Almansi.»

Sgrana gli occhioni castani e resta interdetta. È evidente che conosce l'avvocato e non capisce. Sul volto rivestito di fard aleggia un filo di preoccupazione.

«Non la sto prendendo in giro», aggiungo con un tono pacato che vorrebbe tranquillizzarla. «Sono qui per conto del mio amico Cesare.»

«Vuole dirmi il suo nome, prego?»

«Firpo», rispondo. «Edoardo Firpo.»

«Attenda, prego.»

Da come ha incassato deduco che non conosce il più grande poeta dialettale genovese. Vuol dire che, se mai qualcuno l'ha portata a Boccadasse a prendere un gelato, non si è presa la briga di alzare il naso e leggere la targa con i versi che celebrano l'antico borgo marinaro.

O Boccadâze, quando a ti se chinn-a
sciortindo da-o borboggio da çittæ,
s'à l'imprescion de ritornâ in ta chinn-a
o de cazze in te brasse d'unna mœ.[*]

Scompare dietro una porta rigorosamente lucida e nera e sosta nella stanza per un tempo troppo lungo per dare un semplice annuncio. Capisco che devo agire subito, prima che l'architetto trovi una via di fuga. Spalanco la porta e vedo la ragazza di spalle, in piedi, il corpo ap-

[*] O Boccadasse, quando a te si scende / uscendo dal mormorio della città, / si ha l'impressione di ritornare nella culla / o di cadere nelle braccia d'una madre. [*n.d.a.*]

poggiato sulla gamba sinistra e la destra leggermente piegata all'indietro, di fronte a una scrivania dove un trafelato De Paoli sta insaccato in una poltrona manageriale con il telefono cellulare incollato all'orecchio.

«Signorina», sussurro gentilmente, «può lasciarci un momento soli?»

Dalla faccia dell'architetto intuisco che non è riuscito a comunicare con la persona che cercava. Forse Almansi, o forse l'amante di Morabito. Chissà.

Nel suo sguardo leggo la stessa paura della sera prima, quando l'ho afferrato per il bavero per chiedergli conto dei suoi intrallazzi con la mafia.

Lancia un'occhiata disperata alla ragazza, poi torna su di me.

«Che intenzioni ha?» implora.

«Non preoccuparti», replico con un sorriso fin troppo rassicurante. «I metodi dei tuoi amici non mi piacciono. Sono una persona educata che rifugge la violenza.»

«Perché è venuto senza avvertire?»

«Passavo da queste parti e mi è caduto l'occhio sulla magnifica targa di sotto. Allora mi sono detto: visto che ieri siamo stati interrotti, andiamo a fare due chiacchiere con l'architetto...»

La ragazza, che fino a quel momento si è limitata ad ascoltare, prende l'iniziativa e azzarda: «Devo chiamare la polizia, dottore?».

De Paoli solleva il braccio e la blocca.

«Non è il caso. Sono certo che il signor Pagano e io ci spiegheremo senza difficoltà.»

«Senza difficoltà», faccio eco sedendomi di fronte a lui.

«Può andare, Laura», aggiunge. «E mi usi una cortesia: cerchi l'avvocato Almansi e appena lo trova me lo passi. Spero non abbia nulla in contrario, signor Pagano.»

«Contrario? Ma se non vedo l'ora di salutarlo.»

Restiamo soli nel sontuoso ufficio dalle ampie finestre

affacciate su via XXV Aprile. Il sole dilaga allegro nella stanza e illumina l'elegante Mac sistemato di lato alla scrivania, il tecnigrafo e la grande libreria in mogano che occupa un'intera parete, infarcita di preziosi libri antichi dalle costole di cuoio consumato. L'aria è impregnata del loro gradevole odore di stantio e dell'aroma del sigaro toscano.

De Paoli mi scruta in silenzio e aspetta. Simula una tranquillità che ha affidato all'esito incerto della ricerca della sua segretaria, l'ultima carta rimasta in mano a un architetto a libro paga della 'ndrangheta. Avverto la merda salire al cervello e non so se avercela più con questo geometra blasonato o con l'amico che ha condiviso i sogni della mia gioventù.

«Sono qui», attacco, «per farti una domanda. Una sola.»

«Ti ascolto.»

Ora che Laura si è dileguata può permettersi di passare al tu.

«Non mi interessa il progetto di legge che i tuoi compari intendono bloccare a ogni costo. Ho capito di cosa si tratta e il mio amico Almansi sostiene che non è pertinente al mio incarico.»

Annuisce e porta una mano alla fronte. Mi accorgo che sta sudando.

«Due frasi che hai detto alla gentildonna hanno attizzato la mia curiosità. Si capiva che te la stavi facendo sotto dalla paura e, in quelle condizioni, non si raccontano balle. Hai parlato della tua "carta vincente" e, per essere più credibile, hai aggiunto: "C'è qualcuno in grado di metterlo alle corde. Siamo a buon punto". Ti dispiacerebbe spiegarmi a chi ti riferivi?»

Prima deglutisce, quindi sussulta e infine prova a inandiare una mezza risata che non gli riesce bene e diventa una smorfia ebete, da pagliaccio sul viale del tramonto.

«Parole in libertà», balbetta. «L'hai detto tu, avevo una paura del demonio.»

Mi alzo in piedi, lentamente, e appoggio le mani sulla scrivania.

«Niente in confronto a quella che dovresti avere adesso, figlio di puttana.»

Trasalisce nuovamente e il volto trascolora e da pallido diventa rosso e quindi paonazzo.

«Hai detto che aborrisci la violenza!» implora.

«È la verità.»

«E dunque...»

«...dunque non costringermi a fare qualcosa che detesto. Parlami della tua "carta vincente".»

«Stavo barando, te lo giuro. Mi stanno ricattando e quella è gente che ci mette niente a farti fuori...» Pausa. Deglutisce altra saliva e la fronte si imperla di sudore. «Altro che carta vincente!»

Sta prendendo tempo, con la speranza che arrivi la telefonata di Almansi. Senza mollare il suo sguardo procedo all'indietro fino alla porta e chiudo con un giro di chiave. Quindi torno alla scrivania. Mi osserva con la bocca leggermente aperta, sempre più sprofondato nella poltrona di pelle e nel terrore.

«Non avvicinarti o grido», minaccia con voce stridula.

«Per me puoi anche chiamare i tuoi amici dell'Opus Dei. Non so quanto siano tagliati per farlo, ma forse potrebbero salvarti l'anima. Perché è la sola cosa che puoi salvare, De Paoli.»

«Non vorrai... uccidermi!»

«Dipende», replico con un ghigno cattivo. Poi aggiungo: «So bene a cosa ti riferivi: qualcuno minaccia Almansi di morte».

Altra risata sghemba, inattendibile.

«Quelli sono i loro metodi...»

«Balle, donna Marina non sapeva niente. Si capiva da come ti ha risposto. Chi è che cerca di metterlo alle corde?»

«Non ne ho la più pallida idea! Non sapevo neanche delle minacce!»

Sono certo che sta mentendo. Potrei prenderlo per il collo e strozzarlo come un pollo, e finirebbe per dirmi la verità, ma le conseguenze sarebbero devastanti per me e per il mio cliente. Lui lo sa e ne approfitta per menarmi per il naso. Dunque devo togliergli un po' di sicurezza.

Aggiro la scrivania e vado ad appoggiarmi sull'angolo, dalla sua parte. Mi guarda da sotto in su, la gamba che si muove in un tremito incontrollato e le mani sudate che lasciano vistosi aloni sul piano di cristallo.

«Allora», dico allungando una mano e stringendo appena sulla clavicola, «prova a rispondere a un'altra domanda. È inutile che menti, tanto posso facilmente controllare. Per chi lavori?»

«Mi fai male!» si lamenta alzando la voce.

«Zitto, che disturbi Laura», bisbiglio. «Starà facendosi in quattro per trovare l'avvocato.»

«Lavoro per me stesso!»

«Non fare il buffone, gli architetti per campare hanno bisogno di commesse. Ho capito che i tuoi committenti sono le imprese mafiose...»

«Ma che stai dicendo?»

«...Partinico, Marantoni...»

«Io faccio l'architetto e progetto edifici», replica con aria offesa. «Non lavoro per gente che smaltisce spazzatura.»

Questa è forse la prima verità che gli esce dalla bocca e dal cuore. Occasione da cogliere al volo. Serro la clavicola in una tenaglia e accentuo la pressione delle dita.

Sempre più affondato nella poltrona, si contorce come un serpente e gli occhi sembrano schizzare fuori dalle orbite, ma risponde a tono, tenendo basso il volume.

«Fermati», implora, «così non riesco a parlare.»

Allento la presa. Sembra sul punto di piangere e inizia a spiegare con l'aria di un bambino pacioccone vittima di una squadra di bulli.

«Da diversi anni lavoro per un imprenditore che è stato amico di Almansi.»

«Senti senti. Vai avanti.»

«Si chiama Coiro. Credo fossero compagni di università.»

Un nome che mi suona familiare, anche se non saprei dove ripescarlo nel calderone dei ricordi. Quella stronza di bionda, nonostante tutto, ha ragione. Questo cazzo di incarico mi costringe a rivangare il passato come non succedeva da anni. E per esperienza so che, quando vado a rimestare indietro, finisco per farmi sommergere da fiumi di merda. È stato così, sempre.

«Coiro?» domando, con l'aria di sciacquare in bocca quel nome, come fanno i sommelier con il vino.

De Paoli il cucciolone annuisce e sembra stremato al punto che anche la telefonata di Almansi, ammesso che arrivi, finirebbe per lasciarlo indifferente.

«Coiro e poi?»

«Giovanni Coiro. Un imprenditore edile che fino a quindici anni fa si faceva vedere spesso con il tuo amico avvocato. Poi si sono persi, come succede nella vita. Ma in occasione della candidatura devono essersi ritrovati, perché figura tra i più importanti finanziatori della campagna elettorale.»

All'improvviso, un flash. L'uomo grasso incontrato la sera della fiaccolata all'altezza di Porta dei Vacca. Quello che Cesare ha trattato con distacco, evitando di presentarmelo e tirando dritto come se la sua compagnia gli procurasse fastidio e imbarazzo. Per quanto ingrassato e invecchiato, era una faccia conosciuta, qualcuno con cui ho già avuto a che fare, e adesso che l'architetto ha fatto il suo nome la nebbia si è diradata e il ricordo affiora da un passato remoto che sa di gin e Campari, cannabis, cioccolato e profumo di salsedine.

Il pensiero torna impellente a Lou – anche se non riesco a spiegarmi perché – quando il telefono sistemato sulla scrivania prende a trillare.

De Paoli fa per allungare la mano, ma lo anticipo e sollevo la cornetta.

«Pronto.»

La voce di Laura risponde esterrefatta, a mezzo tra la supplica e il panico.

«Il dottore... sta bene?»

«Benissimo», replico tranquillo, accostando il microfono alla bocca di De Paoli. «Vero architetto?»

Il tempo che lui confermi e riprendo l'ascolto.

«Ho l'avvocato Almansi in linea.»

«Magnifico, me lo passi.»

De Paoli mi osserva con lo sguardo malinconico di un cane bastonato.

«Pronto, Cesare? Sono Bacci.»

«Che ci fai lì?»

«Aspettavo la tua telefonata. Dobbiamo vederci subito.»

«Ripeto», insiste alzando la voce. «Che cazzo ci fai nello studio di De Paoli?»

«Te l'ho detto», rispondo con soave leggerezza. «Quattro chiacchiere tra amici.»

«Mi auguro che tu non abbia commesso una madornale sciocchezza.»

«Intendi ieri sera a Morego?»

«Mi dispiace», farfuglia passando a un tono più conciliante. «Ma questo non ti autorizza...»

«Mi aspettavo che mi chiedessi come sto.»

«Questa notte ho chiamato Lou ogni due ore.»

«Hai fatto male. La piccola aveva bisogno di dormire.»

«Che vuoi?»

«Incontriamoci prima di mezzogiorno. Decidi tu il posto.»

«Sono in riunione e non so a che ora finirò...»

Quando si dice déjà vu. Le stesse parole usate da Lou qualche giorno fa.

«Come vuoi, Cesare. Dopotutto non è un problema mio.»

«Che intendi dire?»

«Che mi sono rotto le palle. Considerami licenziato.»

10.
UNA NOTTE DA DIMENTICARE

Piazza De Ferrari è gremita di uomini e donne che sembrano avere ritrovato il loro passo consueto e il gusto di guardarsi intorno. Dopo giorni e giorni di frettolosi spostamenti al riparo di paracqua tesi come vele al vento e battuti da una pioggia bastarda, tagliata dalla tramontana scura, il sole ha finalmente stanato i genovesi allettandoli con la promessa di un fragile presagio di primavera.

Salgo le scale del Palazzo Ducale e m'incammino tra le colonne del cortile, fino al caffè dove alle undici e mezza mi aspetta il mio vecchio compagno di liceo. Stanato anche lui dalla minaccia di perdere qualcosa che gli sta a cuore, forse i servizi di un malconcio investigatore privato o forse la solidarietà di un amico ritrovato dopo trent'anni.

Lo scorgo davanti alla biglietteria. Si muove a lunghi passi, avanti e indietro, parlando al telefono. Indossa il solito giaccone scuro e regge la borsa di cuoio che lo accompagna dappertutto. Quando mi vede chiude la comunicazione e mi viene incontro con una faccia che non promette niente di buono. Una fredda stretta di mano e un commento biascicato a denti stretti.

«Accidenti come ti hanno conciato.»

Scrollo le spalle e, senza scambiarci una parola, ci sistemiamo nella sala interna del bar. Lui ordina un caffè e io un prosecco di Valdobbiadene.

«Vino a quest'ora?» domanda stupito. «E poi come riesci a lavorare?»

«Non è detto che debba lavorare. Forse da oggi sono disoccupato.»

Scuote la testa e continua a guardarmi con un'espressione severa.

«De Paoli mi ha detto che lo hai minacciato.»

«De Paoli è un faccendiere prezzolato dalla 'ndrangheta. Per sentirmi in pace con me stesso avrei dovuto rompergli l'osso del collo.»

«Non è così che funziona...»

«Ah, no? Spiegami tu come funziona. Come mai a una cena del paladino del bene comune c'erano quattro mafiosi e un architetto che se la fa con la peggior feccia della città?»

«Era una manifestazione pubblica. Cosa potevamo fare? Vietargli di partecipare?»

«E dopo quello che è successo ieri sera?»

«Terminata la campagna elettorale denuncerò lui e i tre che ti hanno conciato così. Abbiamo i loro nomi. Te lo prometto.»

«Cesare, temo che tu non abbia capito. Non mi importa se li denuncerai o no. Quello che mi brucia è che fossero lì. Per giunta l'architetto mi ha detto di lavorare per un tuo vecchio amico.»

Un giovane cameriere ci porta il caffè e il calice di prosecco e Almansi estrae il portafogli e fa il gesto di pagare.

«Un momento», risponde il ragazzo. «Ora arrivo con lo scontrino.»

Mi suona strano che l'avvocato, che bazzica ogni giorno i locali del centro, non conosca le abitudini di questo caffè. In quel gesto precipitoso ho colto un trasalimento dissimulato con fatica. La stessa incertezza percepita la sera della fiaccolata quando abbiamo incontrato il grassone azzimato.

«Cosa ti ha detto?» domanda sollevando la tazzina, senza guardarmi.

«Che lo ricattano. Ma non mi ha convinto. Maso sostiene che ti sta alle calcagna e non si capisce come mai.»

Abbozza un sorriso vuoto, il caffè sollevato a mezz'aria senza convinzione.

«Ora si è capito, no? È legato a una cordata di imprenditori mafiosi.»

«Dunque sai bene da dove arrivano le minacce.»

Svuota la tazza in due sorsi, la posa sul piattino e sbuffa, lasciando intendere che la mia ostinazione lo offende.

«Che devo fare con te?» replica alzando la voce. «Speravo che Maso ti avesse convinto.»

«Maso la vede come me, e così gli altri dello staff.»

«Con chi altri hai parlato?»

«Con Lou Suárez, perché?»

«Sta' su con la vita», mi apostrofa improvvisando un ottimismo troppo frizzante per essere autentico. «Da quando ti ho ingaggiato non ci sono state altre telefonate. Hai per caso imbastito una macumba?»

«Ti basta poco per sentirti tranquillo.»

«Il mio progetto dà fastidio, lo so, ma non può essere il movente delle minacce.»

«Come fai a essere così sicuro?»

«Per diverse ragioni. Anzitutto mi chiedono di ritirarmi dalla corsa e non di cestinare la bozza. Quasi certamente in parlamento entreranno numerosi esponenti dei movimenti cresciuti in nome della difesa dei beni comuni. Militanti sensibili ai temi della tutela ambientale e contrari a investimenti pubblici milionari in opere tanto faraoniche quanto inutili. Ci saranno altri deputati e senatori che potranno presentare quel disegno di legge al mio posto, non vedo il guadagno di minacciare proprio me. Inoltre dovresti sapere come lavorano quei signori:

prima di ricorrere alla lupara percorrono le vie legali. Un progetto simile può essere impallinato democraticamente da un parlamento dove i loro interessi saranno comunque ben rappresentati.»

«Maso sostiene che da senatore potresti dargli molto più fastidio che da avvocato.»

«E ha ragione, ma allora aspetterebbero l'esito elettorale.»

«Bob Kennedy lo hanno ammazzato prima che fosse eletto presidente.»

«Si sapeva che avrebbe vinto.»

«Anche di te si dice lo stesso.»

Fa spallucce e solleva le sopracciglia.

«Staremo a vedere.»

«Quindi, escludiamo i mafiosi.»

«Indagando su di loro correresti un rischio inutile.»

Indica il mio volto e gli scappa una specie di sorriso.

«Ti sei visto come ti hanno ridotto?»

«Sei quasi simpatico. Se mi avvertivi per tempo che c'era di mezzo la 'ndrangheta, magari prendevo le mie contromisure.»

«Mi dispiace, non immaginavo...»

«Anche Giovanni Coiro è un mafioso?»

Se invece di pronunciare quel nome avessi estratto una pistola l'effetto sarebbe stato lo stesso. Il riso gli muore sulle labbra e la faccia si fa improvvisamente scura, lasciando trapelare un mix di sorpresa e disappunto.

«È stato De Paoli a nominarlo?»

«Senza alcuna pressione, io pensavo a tutt'altro.»

«A chi pensavi?»

«Ai pezzi grossi della cordata dei rifiuti: Marantoni e Partinico.»

Resta qualche secondo assorto, si gratta la testa e formula la domanda come se stesse lanciando una bomba a mano.

«Conosci Coiro?»

«Direi piuttosto che l'ho *riconosciuto*. Non è il ciccione tutto in ghingheri che abbiamo incontrato a Porta dei Vacca la sera della fiaccolata?»

«Sì», conferma strofinandosi gli occhi. «Eravamo amici, un tempo.»

Ha l'aria di avere dormito poco e male. Parla lento e osservandolo mi ricorda un pugile che comincia ad accusare i colpi e la fatica. Una campagna elettorale può mettere alle corde anche un professionista allenato a lavorare quindici ore al giorno come lui.

«Ha finanziato la tua campagna.»

«Nessuno glielo ha chiesto. Non ci frequentiamo da quindici anni.»

«De Paoli mi ha detto anche questo.»

«Non immaginavo che l'architetto fosse così loquace», commenta con un sorriso, quindi mi spiana contro l'indice della mano destra. «Non raccontarmi che ha cantato senza che lo minacciassi.»

Scrollo le spalle e porto il calice alle labbra.

«Tutto quello che poteva capitargli era una tirata d'orecchi...»

Aspiro il profumo del prosecco e ne assaggio un sorso. È sufficientemente freddo e le sue bollicine mi instillano un piacevole senso di tranquillità e buonumore. A poco a poco si fa strada la curiosità di scoprire cosa si nasconda sotto l'imbarazzo di Cesare ogni volta che fa capolino il suo amico Coiro.

Si agita sulla sedia, non sta più nella pelle.

«Che intendi», farfuglia, lo sguardo fisso sul fondo della tazzina, «quando dici che l'hai riconosciuto?»

«Era una faccia che mi diceva qualcosa, è bastato abbinarle il nome.»

«Certo che hai una memoria invidiabile. Vi siete visti una sola volta, per poche ore, oltre trent'anni fa.»

«Esattamente trentatré anni fa, il 9 agosto del 1980.»

Gli scappa una risata, fra stupore e ammirazione. «Diavolo, come fai a ricordare?»

«Ho fatto un po' di conti. Il 6 agosto sono uscito di galera e una delle prime cose che ho fatto è stato venire a casa tua per ringraziare tuo padre. Ricordi quella notte?»

«Sì», risponde in un impeto di entusiasmo quasi infantile. «Finalmente ci siamo ritrovati. Dopo... quanti anni?»

«Cinque, Cesare. Il tempo in cui sono rimasto in gabbia.»

«Già», mormora e di nuovo il sorriso svanisce come una bolla di sapone. Poi si rianima. «E io ti ho proposto di festeggiare...»

«...e abbiamo fatto l'alba a colpi di cocktail, canne e champagne. Eravamo in tre: tu, io e Giovanni Coiro. Tu avevi un'Audi nuova fiammante e per fortuna a quel tempo non si usava l'etilometro.»

«Era la macchina di mio padre, c'è voluta un'occasione eccezionale come quella perché mi concedesse di guidarla.»

«Alla fine siamo finiti al Covo di Nord Est di Santa Margherita. Un posto dove non ero mai entrato e dove tu ti muovevi come se fosse casa tua.»

«Peccati di gioventù. Bei tempi, però...»

«Bei tempi un cazzo.»

Gli è nuovamente sfuggito il dettaglio che ero appena uscito di galera. Mentre io marcivo là dentro, lui fuori se la spassava alla grande.

«Scusa», bofonchia, e per stemperare l'imbarazzo ripete: «Certo che hai una memoria da elefante».

«Non ci sarei mai arrivato da solo.»

«Che vuoi dire?»

«È tutto merito di Lou.»

Un'ombra scura gli attraversa il viso mentre domanda: «In che senso?».

«Stamattina mi ha raccontato dell'omicidio di sua sorella. Quella data non potrà mai dimenticarla.»

China la testa e la voce si fa bassa e quasi confusa.
«Che tragedia... Povera Adele. Studiavamo insieme all'università ed eravamo inseparabili. Era una ragazza chiusa e riservata, ma con dentro una voglia di vivere... Forse è stata quella a perderla...»
Rimane qualche secondo in silenzio, a contemplare il vuoto.
«In questi anni ho cercato di stare vicino a Lou e a Evelina, sua madre.»
«Me lo ha detto.»
«Che altro ti ha detto?»
«Che ancora oggi con sua madre pranzate insieme almeno una volta al mese.»
«È così, le voglio molto bene.»
«Anche lei stravede per te.»
«Come fai a saperlo?»
«Sempre da Lou.»
Lo fisso negli occhi e percepisco chiaro il disagio di chi per anni si è allenato a controllare il proprio egocentrismo. Forse per questo decido di affondare il coltello.
«Era innamorata di te, lo sapevi?»
Arrossisce e porta una mano sugli occhi, a coprire la vergogna per la propria vergogna.
«Chi?»
«Lou.»
«Ti ha detto anche questo?»
«Dunque lo sapevi.»
«L'ho sempre immaginato.»
«De Paoli invece non immaginava neanche lontanamente che io conoscessi il grassone.»
«Che altro ti ha detto ancora?»
«Che eri amico di Coiro e che a un certo punto vi siete persi.»
La mano scatta in un gesto incontrollato d'impazienza.
«Non De Paoli, Lou!»

Per continuare la conversazione mi ci vorrebbe un secondo calice. Scuoto la testa e mi stringo nelle spalle.

«È una donna strana.»

«Strana?»

«Difficile.»

Si apre a uno dei suoi sorrisi disarmanti, che rivelano qualcosa di ingenuo, puerile.

«Ma se la conosci appena...»

Tre. Ce ne vorrebbero tre, di calici di prosecco. Ora sono io a rimanere in silenzio e fissare il vuoto. Finché mi decido a parlare.

«Ripensavo a quella notte. Una notte da dimenticare.»

«Perché da dimenticare?»

«Perché Adele è stata uccisa.»

«Sì, certo. Ma che c'entra?»

«E perché dopo quella notte ci siamo allontanati, io e te.»

«È vero.»

«Come è potuto accadere, Cesare?»

«Pensi che ci sia una ragione precisa? Avevamo altro per la testa...»

«Anche per Coiro non c'è stata una ragione precisa?»

«Con lui ci siamo frequentati per altri vent'anni.»

«Ma poi avete rotto. Cosa è successo?»

Inspira e cambia posizione, preparandosi a sciorinare una storia di quelle che volentieri si eviterebbe di raccontare.

«Con Gianni è stata un'amicizia vera, profonda, cominciata quando eravamo bambini e i miei genitori mi portavano in vacanza al mare a Monterosso. Lui era ospite di uno zio insieme ai suoi fratelli più grandi, tutti magri come chiodi e affamati come lupi. Non se la passavano bene. La madre era morta due giorni dopo averlo partorito, probabilmente per setticemia. Il padre era impiegato di basso livello di una piccola impresa edile e il suo stipendio bastava appena a sfamare i figli. Nonostante le ristrettezze economiche e le difficoltà familiari, gli insegnanti gli avevano magnificato l'intelligenza di Giovanni e lui ha voluto a tutti i costi che frequentasse il liceo scientifico e si iscrivesse alla facoltà di ingegneria. Eravamo diversi, io diligente e perfettino e lui disordinato, spavaldo e ribelle. Quegli studi non gli piacevano e ha impiegato dieci anni per concluderli, tanto che suo padre è morto e non ha avuto la soddisfazione di vederlo laureato.»

Il ricordo arriva improvviso, come un colpo di fucile. Anche i miei non ce l'hanno fatta. Alla mia seduta di laurea, in via Balbi, sotto l'occhio vigile di due piantoni in divisa, ho discusso la tesi di laurea in lettere e loro non c'erano. Solo due cugine e uno stuolo di amici. Mia madre era morta due anni prima e mio padre l'aveva seguita a ruota. Eppure a me sono bastati quattro anni per concludere gli studi. Sono stato fortunato, il tempo per studiare non mi mancava e non c'erano distrazioni, in quel maledetto carcere.

«A trent'anni suonati», prosegue, «ha avviato un'impresa di costruzioni e la prima cosa che ha fatto è stato assumere i suoi fratelli che erano entrambi disoccupati. Nel corso del tempo è ricorso frequentemente al mio aiuto legale, che gli ho sempre offerto per amicizia, anche se a volte non ero convinto della bontà delle sue ragioni. Troppo spregiudicato, attento al proprio utile e incurante di criteri che lui definisce sprezzantemente "astratti", quali la compatibilità ambientale e i vincoli paesaggistici. Spesso litigavamo, ma al fondo ci legava un affetto antico, un'infinità di ricordi e di esperienze vissute insieme: le prime bevute, le prime ragazze, la passione per il calcio...»

«Sampdoriano anche lui?»

«Quella blucerchiata è una fede, come la tua del resto...»

«Saranno vent'anni che non vado allo stadio.»

«Non tifi più per il Genoa?»

«Non tifo neanche per me stesso, ma continua a parlarmi del tuo amico.»

«Non si è mai sposato e, quando con Katia e i bambini andavamo in vacanza a Monterosso, veniva a trascorrere qualche giorno da noi. Quindici anni fa mi ha cercato chiedendomi di difenderlo da un'accusa pesante. Aveva costruito due palazzi di edilizia popolare alla periferia di Roma. Quelle case erano abitate da pochi mesi quando un soffitto è crollato ferendo alla testa una bambina di quattro anni che, per fortuna, si è salvata grazie a un bravo neurochirurgo che l'ha operata d'urgenza. La perizia ordinata dal magistrato non lasciava dubbi: l'impresa di Coiro aveva utilizzato materiali scadenti, in barba a tutte le normative, per incrementare i profitti. Gli ho detto che non avrei mai difeso un criminale – ho usato questa parola, e puoi immaginare quanto mi sia costato – e da allora la nostra amicizia è finita.»

«È stato condannato?»

«Sì, ma se l'è cavata con un'ammenda, per quanto salata. Ha anche corrisposto un risarcimento importante alla famiglia della piccola e ha assunto nella propria azienda il padre con la qualifica di capocantiere.»

«E ora finanzia la tua campagna elettorale.»

«Spero che tu mi creda: io non gli ho chiesto niente e ho saputo che aveva versato centomila euro quando era ormai trascorsa una settimana dal bonifico. D'istinto avrei voluto restituirli, ma i compagni mi hanno dissuaso. Coiro non mi ha mai contattato, non ha parlato con nessuno dello staff, non ha preteso contropartite. Ho pensato che il suo fosse un gesto gratuito, forse il modo per riparare al torto che mi aveva fatto chiedendomi di difenderlo in una causa indifendibile.»

Lo fisso con una faccia più eloquente di qualsiasi commento, tanto che lui si spazientisce e replica: «Non mi credi?».

«De Paoli lavora per lui.»

«E allora?»

«Sappiamo che l'architetto se la fa con Morabito.»

«Questo lo sappiamo *adesso.*»

«Prova a fare due più due...»

Stringe i pugni e scuote la testa, con una determinazione che mi fa capire che non è pronto ad accettare l'idea.

«Non posso pensare che Gianni sia arrivato a tanto. È... eccessivamente disinvolto, questo sì, ma non è una persona malvagia.»

«Sei stato tu a definirlo un criminale.»

«In quel momento ero furioso. Ma in questi anni ho ripensato molte volte alle cause in cui è stato coinvolto. Quando ha combinato pasticci lo ha fatto più per superficialità che per dolo. Non si metterebbe mai con quella gente. E poi abbiamo verificato: non ha interessi in ballo e non trarrebbe alcun beneficio dalla mia elezione. Il fatto che De Paoli abbia lavorato per lui non significa niente. Probabilmente l'architetto ha qualche conto in sospeso con la malavita organizzata...»

Svuoto il calice in un sorso, faccio schioccare la lingua e concludo: «Dunque escludiamo la possibilità che dietro le telefonate possa esserci lui?».

La risposta suona categorica, senza possibilità di appello: «Ma sei impazzito?».

Rimaniamo entrambi in silenzio, assorti nei nostri pensieri.

I miei ritornano al ricordo di quella notte che, di ora in ora, sta diventando più nitido. Per quanto possa definirsi nitido, a distanza di trent'anni, un ricordo che anche il mattino successivo doveva essere avvolto dai postumi del fumo e dell'alcol. Imbottiti di hashish – portato da me – e champagne – pagato da Cesare – avevamo scorrazzato per diversi locali tra il centro città e Nervi. Ricordo il bar Lino di piazza Alimonda e lo Schooner di via Sala, dove avevamo fatto il pieno di superalcolici, prima di finire nella discoteca più figa di quegli anni, il Covo di Nord Est, sulla strada tra Santa Margherita e Portofino.

«Ma tu», domando, «te la ricordi bene quella notte?»

«Eravamo fatti e ubriachi», risponde con il sorriso imbarazzato di chi, da tempo, ha chiuso a chiave certe abitudini nel dimenticatoio. «Non ricordo quasi nulla.»

«C'è qualcosa che mi sfugge...»

«Che cosa?»

«Coiro era in macchina con noi, l'ho ben presente mentre ordinava un margarita allo Schooner e anche dopo, quando siamo entrati al Covo. Si è preso con un buttafuori che non voleva farlo passare perché era troppo ubriaco...»

Scuote la testa, a indicare che lui non ricorda niente.

«Almeno rammenti dove abbiamo concluso la nottata?»

Corruga le sopracciglia nello sforzo di spremere dalla memoria qualche prezioso frammento andato perduto, assumendo una delle sue espressioni buffe che mi ispirano ancora un rimasuglio di tenerezza.

Quindi butta lì: «In un caffè, a fare colazione sul mare...».

«Fuoco fuochino. Ma dove?»

«A... Rapallo?»

«Ma va! *Caffè a Rapallo* è una poesia di...»

«...Eugenio Montale. Gli *Ossi di seppia.*»

« *Natale nel tepidario lustrante, truccato dai fumi che svolgono tazze...*»

«*...velato tremore di lumi oltre i chiusi cristalli, profili di femmine nel grigio, tra lampi di gemme e screzi di sete...*»

Eccoci tornati sui banchi del liceo, a giocare a chi ne sa di più. Altro che quel fancazzista di Coiro!

«Dunque, dove diavolo siamo finiti quella mattina?»

«Dove?»

«A Camogli, sul porticciolo! Non ricordi le barche che salpavano per andare a pesca?»

«Ma sicuro!» conferma e gli occhi luccicano di gioia.

«Mi è tornato in mente anche il sapore di quel delizioso croissant al cioccolato!»

«*Quel* croissant? Ne abbiamo fatti fuori almeno tre a testa...»

«Tutta colpa dell'hashish...»

«Allora dovresti ricordare che eravamo soli, io e te.»

«Gianni non c'era?»

«No.»

«Sei sicuro?»

«Sicurissimo.»

«Dove l'avevamo lasciato?»

«Secondo me», replico in un improvviso lampo di lucidità, «in discoteca, al Covo. Anzi, mi sembra che sia stato lui a lasciare noi. Potrei averlo sognato, ma ho davanti agli occhi l'immagine di lui che se ne va senza salutare...»

«Ma se era senza automobile!»

«Forse è andato via con qualcuno che aveva la macchina.»

Si stringe nelle spalle e torna a scuotere la testa.

«Buio pesto. Non ricordo niente.»

«Eppure avevi fumato e bevuto meno di me.»

«Io non reggo l'alcol come te.»

«Ero appena uscito di galera. Cinque anni senza toccare un goccio. Mi bastava un Negroni per partire.»

«E quella sera ne avevi bevuti almeno tre o quattro, per non dire delle coppe di champagne...»

«Già», ammetto. «Ma... dove era finito il tuo amico?»

11.
IL SOGNO

Quando saluto Cesare e mi ritrovo da solo in piazza Matteotti lustrata dal sole mi sento nudo, trasparente. Entro nel labirinto lùvego dei carruggi e comincio a vagare senza meta, con la speranza che i suoni e gli odori della città vecchia tornino a essere quello che sono sempre stati, una seconda pelle che mi tiene insieme e riveste angosce e dolori senza farli tracimare fuori del bulacco.

Ma è fatica inutile.

Cammino e continuo a estrarre dalla tasca il cellulare per controllare se ci sono messaggi. Anche se so benissimo che i messaggi si annunciano con un suono e una vibrazione e il mio telefono non dà segni di vita.

Il dolore al collo si fa sempre più acuto e mi spinge sulla strada di casa. In via Lomellini decido di entrare in farmacia e acquisto una scatola di antidolorifici. Arrivato a casa ingoio due pastiglie, mi spoglio e mi infilo sotto le coperte.

Il cellulare è lì, acceso e silente, sopra il comodino.

Ho abbassato le serrande perché la luce mi disturba. Gli occhi spalancati scrutano il buio come se frugassero dentro me stesso. Nelle pieghe dell'oscurità cerco un'improbabile risposta alle domande che in questi giorni si sono affastellate nella mente.

Lou ha ragione, interroghiamo il passato per dare forma – una forma qualsiasi – al nostro futuro. Per lei deve essere stato senz'altro così. Dopo la morte della sorella il passato è diventato una dannazione, una pietra al collo di cui liberarsi, e chissà che ancora non conservi la speranza di conoscere la verità sull'omicidio. Affida al futuro il riscatto di una vita senza verità. Forse è questo che la rende così dura, incapace di esprimere tenerezza e a tratti spietata.

Peccato che io non creda nella giustizia. Forse perché sono incappato nelle sue maglie sbrindellate e ci ho lasciato cinque anni che potevano essere i migliori della mia vita.

Dopo trent'anni di questo lurido mestiere ho imparato che i miei servizi non rendono giustizia a nessuno. Forse chi detiene potere e denaro potrebbe riuscire in un compito così infido, ma il più delle volte si tratta di soggetti – individui, consorterie e comitati d'affari – abituati a soppesare torti e ragioni con un'altra bilancia, quella del mercato. Il mio conto in banca è più magro della mia carcassa e il potere non mi appartiene ma, se anche fosse altrimenti, non riesco a pensare che mettere in galera un assassino possa restituire vita o consolazione a qualcuno. Se in ogni nuova indagine mi ostino a scavare come una talpa è solo perché sono affamato di verità. Quando finalmente arrivo a capire, quella luce mi scalda e posso anche tenerla solo per me. Questo è l'unico, miserabile potere che mi resta.

Il mio amico Cesare invece ci crede, eccome! Ha dedicato l'esistenza a rendere giustizia ai perdenti, quelli che non hanno voce e passano nel tritacarne della storia senza lasciare traccia. E adesso persegue la strada istituzionale del potere, nella convinzione – o illusione? – di renderle un servizio ancora più efficace.

Il mio amico Cesare non molla l'osso del passato e coltiva i suoi affetti, anche quelli discutibili come il costruttore Gianni Coiro, con la cura che un giardiniere riserva alle sue rose. Forse neanche lui vede un futuro davanti e immagina di riempire quel vuoto con la memoria. Forse ha messo il nostro Eldorado in formalina, sperando così di custodirlo intatto per sempre. E i suoi accoliti con lui. Dimenticando che la formalina conserva solo tessuti morti.

Mi sentivo così anch'io, fino a qualche giorno fa. Un tessuto morto. Poi è arrivata lei, la bionda dagli occhi cerulei. E mi ha restituito la vita e, in cambio, mi ha strappato la pelle lasciandomi in balia di una confusa agitazione e di una perenne inquietudine.

Questa donna che non si lascia avvicinare nemmeno al culmine del godimento. Orgasmi senza intimità, contatti privi di emozione, un corpo che sprigiona la luce abbagliante del piacere senza scaldare il cuore e con la mente infinitamente lontana, perduta in voragini di oscurità.

E anche se ho appreso qualcosa di lei che mi aiuta a non odiarla, persiste in me quella sensazione disarmante di essere uno dei tanti, provvisorio e intercambiabile. La maledetta percezione – che da sempre mi accompagna – che al mio posto potrebbe esserci un altro e non farebbe differenza.

Mi ha detto che sono egocentrico. Non poteva sapere che il mio egocentrismo non si nutre di supponenza ma di disperazione.

Rivedo lo sguardo di mia madre riflesso nella specchiera della toeletta sistemata ad angolo nella sua camera da letto. L'appartamento è quello di via del Colle dove sono cresciuto. Si spazzola i capelli neri che ricadono morbidi e folti sulle spalle e indossa la vestaglia color panna che le ha regalato mio padre, lunga fino ai piedi.

«Bacci, che hai da guardare?»

Porto i calzoni corti, ho un ginocchio rosso di sangue impastato di terra e la sensazione che la mia presenza la infastidisca.

«Niente, mamma.»

«Hai finito i compiti?»

«Ero giù che giocavo a pallone.»

Sto per fuggire via, quando mi sento chiamare.

«Vieni qui.»

Attraverso la stanza e le sono accanto. Il cuore batte come un tamburo.

«Cosa ti è successo?»

«Sono caduto.»

«Aspetta.»

La voce si è ammorbidita, la durezza stemperata in un moto imprevisto di tenerezza. Si alza e va in bagno, poi compare con una confezione di cotone idrofilo e una boccetta di acqua ossigenata tra le mani. Si siede sul letto e mi prende sulle ginocchia.

«Ti hanno fatto cadere mentre giocavi?»

«È normale, mamma.»

«Lo so, lo so», e prende a pulirmi la ferita.

L'acqua ossigenata sprigiona una schiuma rossa e marrone.

«Povero il mio campione, guarda come ti sei ridotto.»

Getta via il batuffolo e ripete l'operazione. Ora la schiuma è più chiara.

«Il nonno dice che sei bravo. Un giorno o l'altro ti prenderanno al Genoa...»

«Il nonno esagera sempre...»

Quando il telefono spara due acuti *bip* sto sognando qualcosa. Immagini confuse, che rimangono sospese nel limbo tra il sonno e la veglia. Avverto il contatto freddo delle lenzuola fradicie. Devo avere sudato come un camallo nella stiva. A tentoni nel buio afferro il cellulare con il display ancora acceso. Messaggio non letto. Schiaccio il tasto OK.

Come stai? Quando vuoi, chiamami. Non ce l'ho con te. Baci.

È Lou. Avrà sbagliato a scrivere il mio nome o mi ha inviato dei baci? Il messaggio porta l'ora in cui è stato spedito, le diciotto e trentadue. Il farmaco ha fatto effetto, ho dormito sei ore filate.

Prima di chiamarla mi soffermo su quello che resta del mio sogno.

I capelli rossi di una donna intravista da dietro, lunghi e lisci. Magra, alta, sembra molto giovane. Si allontana, ingoiata dal buio, lasciandomi incredulo e quasi spaventato. Intorno una folla vociante, forse un corteo o una manifestazione. Il luogo è aperto, ma non è una strada, piuttosto un giardino o un'ampia terrazza addobbata di luci. Sullo sfondo rumori e musica. Mi risuonano in testa alcune note, una melodia sincopata, cantata come a singhiozzo. E alcune parole scollegate fra loro: *boccacce, facce, scherzare.* Ma non mi dicono nulla, niente di niente.

Cerco il nome nella memoria del cellulare e premo il tasto di chiamata. Dopo pochi squilli risponde.

«Buona sera, detective, temevo fossi arrabbiato.»

La sua voce leggermente rauca sembra avere acquistato un po' di verve.

«Lo temevo anch'io.»

«Ma dove sei? Nel fondo di una caverna?»

«Mi sono appena svegliato.»

«Beato te.»

«Avevo paura che te la fossi presa per quello che ti ho detto.»

«È quello che pensi, no?»

«Non so più cosa pensare. Ho parlato con Almansi e mi ha quasi convinto.»

«Ti ha convinto che nessuno vuole ammazzarlo?»

Immerso nel buio recupero la lucidità necessaria per rispondere.

«Sì, comincio a dubitarne.»

«Ma allora», obietta e mi sembra di vedere il sorriso sbocciare sulle sue labbra, «cosa ti ha assunto a fare?»

«Bella domanda.»

«Sei un vecchio amico, forse ti vuole con lui per scaramanzia.»

«Sì, un idolo per scacciare gli spiriti maligni...»

«...o uno spaventapasseri.»

Le scappa una risata di cuore e anch'io sento montare un'energia che mi spinge ad alzarmi e uscire di casa.

«Hai da fare stasera?»

«Dovresti averlo capito», replica con sorprendente dolcezza. «Fino alle elezioni avrò da fare tutte le sere.»

«Intendi dire che ci frequenteremo anche *dopo*?»

«C'è un incontro al Ghetto. Ci vieni?»

«A che ora?»

«Alle nove. Proiettano un documentario contro l'omofobia.»

«Chi l'ha organizzato, Checco Masini?»

«Non sarai anche omofobo?»

«Lascia perdere», taglio corto. «A che ora finirà?»

«Spero non dopo le undici. Ho passato la notte a vegliare un audace cavaliere e sono a pezzi.»

«Passo al Ghetto a prenderti e ti offro una birra, poi te ne vai a nanna.»

Mi lascia qualche secondo sospeso, poi accoglie l'idea con uno slancio che, se si trattasse di un'altra, interpreterei come entusiasmo.

«Ti porto da un amico che serve certe birre che ti faranno impazzire, autentico nettare degli dei.»

«Per quello basti e avanzi tu.»

«Spiritoso», replica facendomi il verso. «Sono sicura che il posto ti piacerà.»

«Andiamo in una casa?»

«In un locale, come si dice oggi, molto *cool*. Dove si ascolta musica di qualità.»

«C'è qualcuno che suona?»

«Un computer collegato a due casse semiprofessionali, ma il repertorio è eccellente. Che musica ascolti di solito?»

«Mozart, Bach, Beethoven...»

«Nooo!»

«Scommetto che il tuo locale è al Carmine.»

«Non ti dico niente, così impari. Anzi», aggiunge, «stasera tocca a te pagare.»

Ci salutiamo e quando mi sollevo dal letto il dolore al collo è sparito. Mi sento in forze e mi viene inevitabile tornare sullo stesso pensiero: è il futuro che dà un senso al passato. Averla sentita così pimpante e contenta di parlare con me mi ha cambiato la prospettiva su quanto è accaduto la mattina. Anche la conversazione con Almansi, dalla quale ero uscito acciaccato e confuso, mi appare in una luce nuova. In fondo potrebbe essere vero, la mafia non c'entra con le minacce di morte. E lui potrebbe essere stato sincero con me.

Mi accorgo di avere fame. L'ultima volta che ho mangiato qualcosa senza vomitare è stato ieri a mezzogiorno.

Mi alzo dal letto e sollevo le tapparelle. Fuori si è già fatto buio. Spalanco la finestra e un brivido ghiacciato mi ricorda che sono nudo come un verme. Accendo la luce del corridoio per andare in bagno e svuotare la vescica. Il vino e i farmaci hanno lasciato il segno e l'orina ha assunto un insano colorito rossastro.

Infilo l'accappatoio azzurro e ciabatto fino al soggiorno-cucina. Apro il frigorifero alla ricerca di qualcosa di commestibile. I rossetti e le orate preparate per Lou sono finiti nel congelatore e lo spettacolo che mi si para davanti è desolante. Arbanelle mezze vuote di olive, capperi e acciughe sott'olio, due barattoli di conserva di pomodoro, un pezzo di formaggio parmigiano, un cartone di latte e le bottiglie di Sauvignon e champagne. Sul ripiano d'ardesia che separa il vano cottura e il soggiorno il vassoio della frutta è ricolmo di pere Kaiser e arance.

Non ho nessuna voglia di mettermi a cucinare. Apparecchio sommariamente la tavola e ci poso sopra il formaggio e le pere insieme a una bottiglia di Sauvignon. Sturo il vino e comincio a frugare tra i CD alla ricerca di qualcosa che si attagli al buonumore che mi ha assalito come una scimmia in fregola. Qualcosa che alimenti lo spirito e supplisca alla modestia della mia cena consumata a un'ora da rancio ospedaliero.

Chissà quale genere di musica faranno nel locale *cool* dove mi porterà Lou?

Intanto faccio partire il secondo concerto per pianoforte di Brahms, quello dall'andante così struggente da smuovere le plaghe più congelate dell'anima di chiunque.

Le nove note sillabate dal corno, ribadite dal pianoforte, e poi l'entrata sussurrata dei legni e degli archi, finché il solista – e che solista, Svjatoslav Richter! – prende di petto la melodia e prepara in crescendo l'esplosione a tutto campo dell'orchestra. Quella della Sagan era una domanda retorica, come si fa a non amare Brahms?

Mi siedo a tavola, scarto il formaggio e comincio a sbucciare la Kaiser. Attacco lentamente a biascicare l'impasto gustoso del parmigiano e della polpa di pera e la mente, spinta dalla musica come una nuvola dal vento, comincia a vagare. Compie larghi giri intorno ai sottili filamenti che la memoria ha intessuto a mia insaputa in questa giornata che stasera, ripercorrendola a ritroso, mi appare lunghissima.

Il racconto doloroso di Lou, la rievocazione di quella notte di trent'anni fa, l'ultima trascorsa con il mio compagno di liceo prima che ci perdessimo inseguendo ciascuno la propria vocazione o il proprio destino. Entrambi indaffarati a dare un senso agli entusiasmi della giovinezza, disposti a tutto fuorché ad ammettere che ci eravamo sbagliati e che non avevamo fatto niente per preparare un mondo migliore ai nostri figli.

Il sogno della bolgia notturna e della folla accalcata in quel luogo illuminato dalle luci artificiali. Quella musica singhiozzante, quella voce quasi sfrontata.

Boccacce, facce, scherzare.

Ci vorrebbe Aglaja con il suo computer. Chissà, forse

un motore di ricerca troverebbe la chiave per risolvere l'enigma.

E infine la sconosciuta dai capelli rossi che si perde nelle tenebre.

Perché proprio *lei*?

Perché proprio *adesso*?

Afferro il telefono cellulare e chiamo mia figlia. Risponde dopo una dozzina di squilli, il che può significare molte cose, ma una sola certa: non sta studiando.

«Ciao, pa'.»

Il tono trasmette tutto il suo piacere di sentirmi.

«Ciao, Aglaja. Che fai di bello?»

«Dipingo.»

«Dipingi?»

«Sì, in solaio ho trovato delle vecchie tele del nonno, colori a olio e pennelli. Voglio provare a cimentarmi con la pittura. Sapessi com'è rilassante...»

Le tele del padre di Clara, da cui il vecchio, una volta andato in pensione, traeva croste inguardabili che puntualmente regalava alla figlia, non ho mai capito se per amore o per farle un dispetto.

«Appena finisci un quadro, fammelo vedere.»

«Sei curioso?»

«Sono curioso, ma soprattutto non vorrei...»

«Che cosa?»

«Mi prometti che non dirai niente alla mamma?»

«Ho capito. Non aggiungere altro.»

«Che hai capito?»

«Ti spaventa l'idea che i miei quadri assomiglino a quelli del nonno, vero?»

«Eh.»

«Non preoccuparti», replica serafica. «Mi dedico alla pittura astratta.»

«Questo sì che mi rassicura...» approvo. «Ma ti ho telefonato anche per un'altra ragione.»

«Spara.»

«Ho bisogno delle tue competenze informatiche.»

«Sentiamo.»

«Spiegarti sarebbe una faccenda lunga e noiosa. Vorrei che andassi su uno dei tuoi motori di ricerca e provassi a trovare un pezzo musicale dal ritmo sincopato dove ricorrono le parole: *boccacce, facce* e *scherzare.*»

Esplode in una risata allegra che mi fa sentire stupido e insieme accresce il mio buonumore.

«Oh, pa', in fatto di musica sei rimasto al pleistocene!»

«Che intendi dire?»

«Non serve nessun motore di ricerca. E dire che è una canzone dei tuoi tempi. Quando è uscita io non ero ancora nata!»

12.
FAME KIMIKA

Come avevo immaginato, la birreria è imbucata in una delle crose che da piazza del Carmine salgono verso i giardini di Carbonara. La bionda Lou è abituata a muoversi in un territorio minimale, quello che un tempo si chiamava la strada dell'orto.

L'insegna, chissà perché, recita: FAME KIMIKA. Il locale è un budello lungo e stretto occupato per metà dal banco, dietro al quale un uomo dallo sguardo intelligente, basette pronunciate e capelli neri induriti dal gel, serve birre in bottiglia e parla senza sosta di qualsiasi argomento.

Gli avventori sono quasi tutti ragazzi e quelli che non trovano posto sugli sgabelli se ne stanno in piedi con la bottiglia in mano. Qualcuno esce all'aperto per fumare e nell'aria galleggia una fragranza che ai croissant rivitalizzati dal forno combina il profumo inconfondibile dei cereali fermentati.

Il documentario contro l'omofobia proiettato in uno slargo del vecchio ghetto ebraico è durato più a lungo del previsto, ma la fatica non ha guastato il buonumore di Lou.

Sta scolando la seconda birra, una robusta rossa di produzione belga che sicuramente le rimetterà in moto la voglia di attaccarmi. Io centellino una Weissbier bavarese delicata e spumosa che mi concilia con la vita e mi costringe ad ammettere che l'addetta stampa di Almansi ha ragione a sostenere che da Sammy – così si chiama l'uomo che ci ha serviti – si bevono birre di eccellente qualità.

Sulla musica non mi pronuncio. Le canzoni vomitate dalle casse sistemate sulla parete di fondo – a un volume che consente di conversare senza alzare la voce – mi sono per lo più ignote. Si tratta di gruppi rock degli anni Ottanta e Novanta e qualche pezzo jazz e blues che mi suona familiare, anche se non saprei dire né il titolo né l'esecutore. Lou le riconosce tutte, nessuna esclusa, e conferma l'idea di mia figlia che le mie frequentazioni musicali sono rimaste indietro di qualche secolo. Mi ravvivo a tratti, come un orologio a cucù, quando partono *Summertime* di Gershwin o *Everybody Needs Somebody* dei Blues Brothers.

I suoi occhi mi scrutano con curiosità e diffidenza. Ricordano il colore del mare in certe mattine di primavera, con il sole alto tra il monte Fasce e Portofino, quando a due o tre miglia dalla costa seguo la scia della lenza trainata dal gozzo del Capitano. Sotto la barca trecento metri di fondo e la speranza di incappare in un bollo di acciughe assediate dai tonni.

La circospezione è appena stemperata da un sorriso che trasmette un vago presagio di serenità. Forse ho avuto fortuna e stasera con lei ho incrociato uno stato di grazia che vale un banco di tonni. L'alcol aiuta e la sua voce rauca si è fatta più morbida e calda, e alla stanchezza è subentrato un languore che sembra farle dimenticare il trascorrere del tempo. L'orologio a muro segna mezzanotte e tre quarti e non ha ancora tirato in ballo gli impegni di domani mattina.

«Te lo fai un croissant?» domanda posando la bottiglia vuota.

«Perché no?»

Si rivolge a Sammy, a cui pare legarla la stessa complicità che intrattiene con Gianna, la padrona della trattoria vicina, e ordina due croissant.

«Come li volete?» domanda Sammy.

Lou mi guarda in cerca di una risposta.

«Farciti al cioccolato?»

«Vada per il cioccolato», conferma lei.

«Ottima scelta», commenta Sammy. «Birra e cioccolato sono antidepressivi più efficaci del Prozac. Nutella o fondente?»

«La porcata più porcata», ammicca lei lasciando intendere che di porcate se ne intende.

«Lou, te l'ha mai detto nessuno che hai una faccia da culo?» la apostrofa l'uomo lanciandomi un'occhiata divertita.

«Ho detto qualcosa di sconveniente?»

«Con quella bocca puoi dire ciò che vuoi.»

«E dunque?»

«Nutella», suggerisce lui.

Aspettavo il momento propizio per chiedere qualcosa che mi sta a cuore e adesso mi sembra abbastanza brilla per approfittarne. Così mi accosto e le sussurro in un orecchio: «Oggi ho fatto un sogno».

«*I have a dream...*» mi sfotte corrugando la fronte e impostando una voce baritonale.

«Un sogno che potrebbe essere un ricordo, ma non sono sicuro.»

«Tu sei come i supporter di Almansi», sibila beffarda. «Vivi di ricordi.»

«Ho sognato un posto all'aperto, pieno di luci e di musica.»

«Sempre meglio che una manifestazione di tute blu e bandiere rosse.»

«Cosa hai contro le tute blu e le bandiere rosse?»

«Niente, peccato che esistano solo nei sogni.»

«Non sono d'accordo», ribatto mantenendo un tono

conciliante. «Ma lasciami finire. Potrebbe essere interessante.»

«Sentiamo.»

«Nel sogno ascoltavo in sottofondo una canzone di Bennato, *Nel covo dei pirati.*»

Mi osserva con stupore e sembra frugare nella memoria alla ricerca del motivo.

«Quella che fa», e attacco a cantare, cercando di rendere il ritmo sincopato:

«*Ma oramai già lo sai dai pirati cosa ti puoi aspettare!*
Ti potranno insultare, minacciare, in fondo è il loro mestiere!
Ti faranno i versi, le boccacce, ti faranno le facce scure!».

«Sei quasi intonato, detective», mi interrompe. E dandomi sulla voce prosegue, accompagnando il canto con il movimento delle spalle e il ritmico ondeggiare del bacino.

«*Ma lo fanno per cercare di vincere le loro stesse paure!*
Oramai già lo sai dai pirati cosa ti puoi aspettare!»

La guardo muoversi, avvolta dal maglione scarlatto e da un paio di jeans abbastanza attillati da mettere in evidenza la linea delle gambe e delle natiche. Questa donna, quando può o quando vuole, sa essere incantevole, tanto che comincio a battere le mani.

«Brava!»

«Sai una cosa?» commenta meravigliata. «Non ti facevo così documentato.»

Non può sapere che mia figlia me l'ha cantata al telefono e l'ho trascritta su un foglio e letta e riletta fino a impararla a memoria. La melodia l'avevo stampata in mente, dopo il risveglio continuava a risuonare come una cantilena.

«L'album si chiamava *Sono solo canzonette,* vero?»

«Già», rispondo facendomi serio. «Uscito nella primavera del 1980.»

Sammy ci porge due piatti di carta con i croissant fumanti che sprigionano una fragranza di cioccolato che ha qualcosa di peccaminoso. Lou attacca il suo con voracità e intanto bofonchia: «Non dirmi che, in mezzo ai tuoi Mozart e Bach, conservi un disco di Bennato».

«Me l'ha detto mia figlia.»

«Ti pareva», replica infilando in bocca le dita inzaccherate di Nutella calda. «E tu avresti sognato questa canzone?»

«Oggi pomeriggio, imbottito di antidolorifici.»

«Vuoi dire drogato... Solo un trip può far sentire in sogno a uno come te *Nel covo dei pirati*!»

Assesto il primo morso al croissant e il pensiero si rapprende come schiuma intorno a un groppo di reminiscenze. Il sogno, i croissant gustati all'alba con Cesare sul porticciolo di Camogli, la musica e... la giovane dai capelli rossi svanita nel buio. Vedere Lou così serena e disposta allo scherzo mi frena dall'affrontare l'argomento, eppure so che dovrò farlo.

«Posso chiederti una cosa?»

«Dipende.»

«Come sarebbe?»

«Se vuoi salire da me ti dico subito di no. Ho le mestruazioni.»

«Non voglio salire. Mi interessano due informazioni a proposito di...»

La osservo. Ha divorato il croissant e si è fatta due sbaffi di cioccolato sul volto che le conferiscono un'aria da monella che mi fa venire voglia di stringerla e baciarla. Mentre la ripulisco con un tovagliolo di carta sono travolto da un turbamento improvviso, un rovello che mi impone di proteggerla da tutto il male che la vita le ha riservato senza un briciolo di indulgenza. Penso alla sua furia come disperato espediente per sopravvivere e sono tentato di lasciar perdere. Stasera non abbiamo bevuto abbastanza.

«A proposito di cosa?» domanda in tono duro, pungente.

«Niente», rispondo scuotendo la testa. «Sarà per un'altra volta.»

«E se non ci fosse un'altra volta?»

«Pazienza.»

Abbozza e propone di bere un'altra birra.

«Facciamo mezza bottiglia a testa?»

«D'accordo, scegli tu.»

Neanche a dirlo, ordina una terza rossa che a dir poco farà dodici gradi. Sammy domanda se vogliamo due bicchieri e, cogliendomi di sorpresa, lei risponde: «Bicchieri? Non servono bicchieri quando ci si è messi la lingua in bocca».

«*Ça va sans dire*», commenta lui sollevando le braccia.

Avverto un rigurgito di rabbia salire da chissà dove. Sto per dirle qualcosa, quando lei ficca quei maledetti occhi nei miei e spara: «Mi hai preso per scema?».

«Se mai per stronza», sussurro sottovoce.

«Qui se c'è uno stronzo sei tu.»

«Cosa ho fatto stavolta?»

«Lanci il sasso e nascondi la mano, come i bambini.»

«Tu invece racconti i fatti nostri al primo venuto. Tatto e delicatezza non sono il tuo forte, eh?»

«Se mai i fatti *miei*. Sammy non è il primo venuto, è un amico.»

«Esibire trofei è il tuo sport preferito?»

Si attacca alla bottiglia e ingolla un lungo sorso.

«Tu saresti un trofeo? Ti sopravvaluti, mio caro.»

«A maggior ragione...»

«*A maggior ragione* cosa? Credi che non abbia capito dove vuoi andare a parare con la manfrina del sogno e della canzonetta?»

«Sentiamo, dove andrei a parare?»

«L'album è uscito nella primavera del 1980. Un sogno che forse è un ricordo... Parla chiaro: che cosa vuoi sapere?»

«Di tua sorella Adele.»

Sbatte la bottiglia sul bancone con un colpo secco che mi fa temere che vada in frantumi, ma per fortuna il vetro è spesso e regge l'urto.

«Vedi che ho ragione? Sei un figlio di puttana.»

«Non sai nemmeno quello che voglio dirti.»

«Tutti uguali, pronti a cogliere il primo momento di debolezza per approfittarne.»

«*Approfittarne?*»

«Vuoi farti bello sulla pelle di mia sorella? Dimostrarmi quanto sei bravo come investigatore, dopo che la polizia ha indagato anni e non è venuta a capo di nulla?»

«Forse la polizia non sa quello che so io.»

«Cosa sai tu, che nemmeno l'hai conosciuta?»

«Dimmi solo due cose e ti prometto che non ne parlerò più.»

Rimane interdetta, nuovamente indecisa sul da farsi. Sta lottando contro l'alcol e la stanchezza e cerca di conservarsi lucida.

Mi dico che la nostra storia sarà sempre così, una strada che si biforca di continuo, una perenne scelta tra restare e scappare via.

«D'accordo, detective del cazzo», taglia corto. «Fai le tue domande che poi andiamo a dormire.»

«Tua sorella aveva l'automobile?»

Scoppia a ridere, una risata irriverente che rimbalza sui muri del Fame kimika come un insulto.

«Sarebbero queste le verità ignote alla polizia? Sai che ti dico, Bacci Pagano? Mi domando come diavolo sia venuto in mente ad Almansi di assumere un buffone come te!»

«Però non hai risposto.»

«Basta leggere i giornali dell'epoca. Mia sorella usava

l'auto di mia madre. Mio padre non sganciava un centesimo e non potevamo permetterci di mantenere due macchine.»

«E quella sera?»

«Quella sera ha preso l'automobile e non è più tornata!»

Gli occhi si sono inumiditi, ma piuttosto che darmi la soddisfazione di piangere se li caverebbe dalle orbite.

«L'hanno ritrovata posteggiata a cento metri dal corpo, sulla strada per San Rocco. È stata passata ai raggi X senza trovare un'impronta, una traccia, un pelo che portasse al bastardo che l'ha ammazzata.»

La osservo muto e mi accorgo che il mio sguardo le crea un imbarazzo che presto diventerà furia.

Allora mi affretto a dire: «Tua sorella aveva capelli lunghi, lisci, colore del rame?».

Per un momento resta sorpresa, poi passa all'attacco.

«Sarebbe questa la seconda verità? Complimenti! Se me lo avessi chiesto te lo dicevo subito, e magari ti mostravo una fotografia...»

«Ma non l'ho chiesto.»

«L'avrai domandato ad Almansi...»

«Non ho fatto nemmeno questo.»

«Ora ti metti a fare i giochetti?» sbotta guardando l'orologio. «Forza, dimmi come l'hai saputo e andiamo a dormire!»

So che quello che sto per dirle potrebbe chiudere i conti. Definitivamente. Ma a questo punto non posso tornare indietro.

«L'ho vista oggi in sogno che usciva da una discoteca...»

Per un attimo l'idea che stia prendendola in giro attraversa il suo sguardo accendendolo di odio. Sento il suo respiro farsi affannoso, anche se si sforza di rispondere in tono leggero.

«Oltre che il detective, fai anche il medium?»

«No», replico pronto. «Credo che quell'immagine sia un ricordo.»

«Ricordo di che?»

«La notte in cui è stata uccisa l'ho vista di spalle mentre usciva dal Covo di Nord Est.»

«Cosa?»

Le scappa quasi un grido, tanto che Sammy e gli altri ragazzi si voltano nella nostra direzione. Hanno finto di non accorgersi dello schianto della bottiglia, ma adesso non possono ignorare le turbolenze di una coppia matura che sta esagerando. In fin dei conti abbiamo scolato solo qualche birra.

«Lou, qualcosa non va?» domanda Sammy.

Lei fa un gesto con la mano a significare che è tutto a posto.

«E cosa ci facevi tu al Covo di Nord Est?»

«Festeggiavo l'uscita dalla galera insieme al tuo capo e a Giovanni Coiro.»

«Coiro?» ripete. «Non è uno dei finanziatori della campagna elettorale?»

«Sì, ed è anche un amico d'infanzia di Cesare. Possibile che tu non lo conosca?»

Scuote la testa.

«Prima che se ne parlasse al comitato non l'avevo mai sentito nominare.»

«Eppure Almansi ha sempre frequentato la vostra casa.»

«Chiederò a mia madre», replica ostentando indifferenza, quasi parlando tra sé.

Sammy sta chiacchierando con una giovane dai capelli rasati, con un piercing al naso e un vistoso tatuaggio che le avvolge il braccio come un serpente. Al guinzaglio tiene un cucciolo di beagle che tira disperatamente verso l'uscita. Parlano di cani ed esseri umani e sembrano trovarsi d'accordo sul fatto che l'intelligenza non è criterio sufficiente per stabilire la superiorità di una specie sull'altra.

Lou sembra presa dal discorso, quando all'improvviso si volta verso di me e domanda: «Ma cosa c'entra questo Coiro con mia sorella?».

È troppo presto per rispondere, la mia rivelazione deve essere già stata abbastanza dura per lei.

«Non so.»

Una smorfia di disappunto accompagna parole che avrei preferito non sentire.

«È tutto quello che hai da dire?»

«Non sono un indovino.»

«Investigatore, medium, indovino... Che cazzo di uomo sei, Bacci Pagano? Conficcare il coltello nelle piaghe degli altri ti diverte?»

«Ti ho detto tutto quello che ho scoperto.»

«Non mi hai detto niente che non sapessi già. Il resto è fuffa, materiale buono per chi fa il mestiere di mia madre.»

La voce si è fatta tagliente e sempre più concitata. Un crescendo di indignazione troppo esagerato per camuffare il suo smarrimento.

«Hai sognato una ragazza dai capelli rossi. E allora? Dici di averla vista di spalle, trent'anni fa, e magari avevi anche bevuto. Sai quante rosse ci saranno state quella notte in quella maledetta discoteca? Altro che investigatore, tu sei un millantatore, uno che bara sapendo di farlo!»

«È vero, potrei essermi sbagliato.»

«L'avessi almeno vista in faccia...»

«L'ho vista da dietro ed ero sbronzo marcio e strinato dall'hashish.»

«Magnifico!» sbotta. «E sentiamo, che cosa avete fatto, tu e i tuoi amichetti, dopo che lei è uscita?»

«Vuoi sapere come abbiamo passato la notte?»

«Ve la siete spassata o cosa?»

«Abbiamo chiacchierato e ballato fino al mattino e abbiamo chiuso facendo colazione in un bar sul porticciolo di Camogli.»

«Avete scopato con qualche troietta?»

«Eravamo troppo ubriachi per scopare.»

«Bella gioventù di merda», sputa con disprezzo. «Questa sarebbe la generazione che voleva cambiare il mondo? Questi i tempi d'oro che continuate a rimpiangere? Rivoluzionari di giorno e la notte di soppiatto nelle discoteche frequentate da quelli che dicevate di combattere?»

Vorrei risponderle che quella è stata la prima e ultima volta che ho messo piede al Covo, trascinato come un pupazzo senza volontà dall'idolo dei suoi sogni di ragazzina.

Ricordarle che nei cinque anni precedenti le notti non finivano mai, rinchiuso in una cella di due metri e mezzo per lato, con i muri bianchi, la luce al neon bianca, la tazza del cesso bianca, una branda, una sedia e un tavolino.

Raccontarle che, dopo quella rimpatriata, sono partito e ho girato mezzo mondo perché qualunque spazio era diventato troppo angusto e mi toglieva il respiro, l'anima imprigionata in quella fottutissima cella.

Vorrei dirle tutto questo, invece mi sento uscire dalla bocca: «Anch'io comincio a vederla così».

«Alla buon'ora», replica e nel tono avverto esitazione e inquietudine. Infatti aggiunge: «Ho cambiato idea. Vieni a dormire da me?».

Tutto il mio essere mi spinge a dire di sì, ed è quello che più desidererei fare, ma una nota stonata mi blocca e suggerisce che è meglio lasciar perdere. Stasera il suo dolore non mi riguarda, non sono stato io a procurarglielo e non posso consolarla.

«Non è il caso», rispondo. «Magari la prossima volta, quando avrò le idee più chiare.»

La sua risposta non dovrebbe sorprendermi e tuttavia fa male come una coltellata.

«Tutti uguali, voi uomini. Vi andiamo bene solo per scopare.»

13.
PER AMORE, SOLO PER AMORE

Trentatré anni fa il dottor Salvatore Pertusiello, commissario capo della sezione omicidi della mobile di Genova, vantava pochi anni di carriera ed era stato assegnato a un commissariato di Salerno con il ruolo di viceispettore. Dell'assassinio della giovane Adele Semeria poteva forse aver letto sui giornali, ma è trascorso troppo tempo perché i suoi ricordi possano essermi di aiuto.

Al telefono, dopo avermi salutato, esplode in una sonora risata e mi apostrofa con la solita franchezza.

«A un vecchio amico potevi dirlo che hai cambiato mestiere e ti sei dato alla politica. Di che avevi paura? Che andassi a raccontare alla stampa tutte le volte che hai imboscato prove decisive per parare il culo ai tuoi clienti?»

«Non mi sono dato alla politica, Totò.»

«Ma se ti ho visto in prima pagina al fianco di quell'avvocato che vuole diventare senatore.»

«Eravamo compagni di liceo e mi ha chiesto di proteggerlo.»

«E ha fatto bene perché, con le idee che si ritrova, quello rischia grosso.»

«Ho bisogno del tuo aiuto», taglio corto.

«Quando mai mi chiami se non hai bisogno di qualcosa?»

«Il nome Adele Semeria ti dice niente?»

Resta in silenzio qualche secondo, avverto il suo respiro nella cornetta, quasi un gorgoglio, finché dice: «La ragazza ammazzata a colpi di pietra sulla strada di San Rocco?».

«Accidenti che memoria.»

«Le indagini si sono protratte per anni, senza risultato.»

«Quando sei arrivato a Genova il caso era ancora aperto?»

«Un caso irrisolto di omicidio», grugnisce con una punta d'irritazione, «non si chiude mai.»

Penso a Lou e ingoio questa verità come fosse una medicina amara.

«Ma credo che sia stato archiviato dalla procura una ventina di anni fa. Io non me ne sono mai occupato.»

«Con chi posso parlare per sapere qualcosa di più?»

«Tu non dovresti proteggere il tuo senatore in pectore?»

«Diciamo che sto conducendo un'indagine collaterale.»

«Su un omicidio degli anni Ottanta?» brontola poco convinto. «Comunque, vieni a trovarmi che ti faccio parlare con Levrero. Dei miei è quello che ne sa di più.»

L'ispettore Levrero è uno degli uomini più fidati del commissario. Lavorano insieme da molti anni ed è ormai vicino alla pensione. Per la sua corporatura esile e nervosa si è guadagnato l'appellativo di *Schittimiri* e avendo l'abitudine di indossare un impermeabile beige, che ricorda quello di due celebri tenenti della televisione, qualcuno lo chiama Sheridan e altri Colombo. Tuttavia in questura gode del rispetto dei colleghi ed è considerato dal suo capo uno dei più sagaci investigatori della squadra mobile.

Parla con una voce metallica, venata da un vago accento lombardo, e il suo lessico sembra ricalcare quello di un verbale di polizia. Come tutti gli ispettori che lavorano alla omicidi è un lavoratore instancabile che con gli anni ha imparato a tollerare le proverbiali sfuriate del capo, i suoi repentini cambi di umore e le pirotecniche esternazioni all'insegna del motto: «Un poliziotto democratico prima è democratico e poi poliziotto», finendo per apprezzarle e trarne perfino motivo di divertimento.

Con lui ho lavorato a diversi casi e sono sempre rimasto impressionato dalla sua memoria, tanto che alla omicidi lo definiscono «il nostro archivio vivente».

Sono arrivato in questura intorno alle undici, sotto un cielo attraversato da nuvole scure e con un vento gelido che soffia dalla Valbisagno e agita le bandiere issate sul portone in direzione del mare.

Dopo avere salutato il mio amico Pertusiello e l'ispettore Levrero, mi tocca raccontare la prima balla della giornata e spiegare che il gonfiore al labbro me lo sono procurato in palestra, durante un allenamento di boxe francese. Pertusiello non manca di ricordarmi che non ho più l'età per praticare certi sport. Restiamo intesi che, dopo la chiacchierata con il mio informatore, andremo tutti a prendere un sostanzioso aperitivo al bar di fronte alla questura.

Quindi ci sistemiamo nel piccolo ufficio dell'ispettore, attiguo a quello del commissario capo.

Levrero indossa un cardigan bordeaux con le toppe sui gomiti e una cravatta a quadri dal nodo microscopico che gli conferisce un'aria vagamente british anni Sessanta. Mi fa accomodare su una sedia piuttosto scomoda, si siede a sua volta e mi accorgo che sulla scrivania non ha alcun fascicolo. Lui attinge direttamente dalla propria memoria.

«Mi dispiace disturbarla», attacco, «ma questo caso mi sta molto a cuore.»

Sorride compiaciuto e quasi commosso.

«Per carità, dottor Pagano, non immagina quanto mi faccia piacere rivederla.»

Mi lancia un'occhiata sfuggente e l'espressione del suo volto si tinge di malinconia.

«Sono arrivato al capolinea, tra poche settimane andrò in pensione. Mi sento come un esercito in smobilitazione e le assicuro che non è una sensazione piacevole. Avere l'occasione di lavorare un'ultima volta con lei mi riporta ai bei tempi delle nostre indagini. Ricorda la storia del vecchio usuraio sbranato da un lupo al parco del Peralto?»

«Accidenti se la ricordo», rispondo, e mi accorgo che sta per prendermi un'uggia, un tedio mortale al pensiero che quest'uomo non si rassegni a lasciare il suo lavoro.

Sarà così anche per me? Quando non avrò più energia nelle gambe per battere i carruggi alla ricerca di persone scomparse, quando mi verrà meno la capacità di ricordare le cose e collegare le informazioni, quando non potrò uscire di casa senza infilare il pannolone – io che non ho mai portato le mutande – che significato conserverà per me la parola *vita*?

Forse è questa la paura che mi ha impedito di prendere sul serio l'invito a interrogare il futuro. La paura che non ci sia alcun futuro che mi aspetta.

Per fortuna il buon Levrero richiama la mia attenzione sul presente, domandando: «Sono a sua disposizione. Cosa le interessa sapere?».

«Vorrei farmi un'idea su come è stata condotta l'inchiesta sull'omicidio. In quali direzioni avete indagato?»

Si passa una mano sulla testa, lisciando all'indietro i pochi capelli che gli sono rimasti.

«Devo fare una premessa», attacca. «Quando la ragazza è stata uccisa ero un agente della squadra mobile ma non lavoravo alla omicidi. Le indagini furono condotte prima dal dottor Lo Verso e dopo dal Carminati. Io entrai sul caso insieme a quest'ultimo, quando il fascicolo finì nelle mani del sostituto procuratore Alessandri che, dopo due anni, ne decise l'archiviazione.»

«Ci conosciamo fin troppo bene, ispettore», lo rassicuro. «Sono certo che su questa inchiesta lei ne sa più di tutti. Del resto, Pertusiello me lo ha confermato.»

«La ringrazio della fiducia, dottore. Chieda, chieda pure.»

«Avete setacciato i giri di amicizie della ragazza?»

«Abbiamo indagato a trecentosessanta gradi. Amici, compagni di università, parenti e... perfino il padre.»

«Il padre?»

«Il dottor Carminati nutriva per quell'uomo un'antipatia viscerale e si era messo in testa che nell'omicidio della figlia avesse avuto "una qualche inconsapevole parte", "una responsabilità per quanto indiretta".»

Ride divertito, portando una mano davanti alla bocca.

«Ricorda come si esprimeva? Era davvero pittoresco, sembrava uscito da un romanzo di Gadda. Peccato che l'uomo non si fosse mosso da Buenos Aires dall'estate dell'anno precedente.»

«Adele era fidanzata?»

«Non risulta che avesse un fidanzato né relazioni, neanche occasionali.»

«Aveva avuto rapporti sessuali?»

«Non era vergine, ma quella notte non ha avuto rapporti. Per ragioni di studio e amicizia la ragazza frequentava un compagno di università, il figlio dell'avvocato Almansi, che lei forse ricorda.»

Mi domando se davvero non sappia che Aristide Almansi mi ha difeso di fronte alla corte d'appello, oppure se si mostri reticente per discrezione. Propendo per la seconda ipotesi, anche se Lou mi taccerebbe di egocentrismo.

«Fin dall'inizio», prosegue, «i colleghi hanno provato a torchiare il giovane, per quanto con un padre di quel calibro non sia stato facile, ma non è uscito niente di rilevante.»

«Non ha collaborato come vi aspettavate?»

«Tutt'altro. Era sconvolto dal dolore – si capiva che era molto legato alla ragazza – e si è messo a completa disposizione del magistrato.»

«E allora che c'entra il padre?»

«L'avvocato ci teneva molto che il figlio non venisse coinvolto e il suo nome non finisse sulla stampa. Ma lei sa bene che in un'indagine per omicidio tenere a bada i giornalisti non è facile.»

Mi vengono in mente le parole pronunciate da Cesare nel mio studio: *Da quando la polizia tiene il segreto con la stampa?*

«Avete controllato il suo alibi?»

«Quella notte era a una festa in una discoteca vicino a Santa Margherita. Frequentava abitualmente il posto e tutti lo conoscevano. Decine di testimonianze concordano sul fatto che avesse lasciato il locale intorno alle cinque del mattino.»

«Era solo?»

«Nel corso della notte si è intrattenuto a parlare con molti ragazzi, amici e conoscenti, ma stando alle sue dichiarazioni sarebbe arrivato e ripartito da solo con la macchina del padre.»

«Ha dichiarato questo?»

«Tutto scritto nei verbali.»

«Non avete battuto altre piste?»

«Gli agenti hanno frugato nei diari della ragazza, nella posta e nei tabulati telefonici senza trovare un nome o un numero che fornisse una traccia. Hanno messo sotto torchio anche la madre e la sorellastra» – la parola mi provoca un inaspettato contorcimento di budella, ma abbozzo e lo lascio continuare – «ma è stata fatica sprecata. Anche la scientifica si è data un gran da fare sull'automobile senza ricavarne nulla.»

«Siete riusciti ad appurare dove sia andata Adele prima di finire su quella strada deserta?»

«Anche questo rimane un mistero. Da principio si è pensato alla discoteca dove si trovava il suo amico, ma questi nega di averla incontrata e nessun testimone lo ha smentito.»

«Non avevano preso alcun accordo?»

«L'Almansi ha sempre dichiarato di no. Abbiamo accertato che quel giorno non si erano telefonati. E poi, a sentir lui, la ragazza non era mai entrata in una discoteca, meno che mai in un posto come quello...»

«Insomma, al Covo di Nord Est nessuno ricorda di averla vista.»

Il viso gli si illumina.

«Ecco, quello era il nome del locale. Lo conoscevate?»

«Ci sono stato una sola volta e mi è bastato.»

«Posto da fighetti, vero?»

«Fighetti e fighette», confermo. «Non è il mio genere.»

«Avete tutta la mia comprensione, dottore.»

«Dunque, la ragazza è uscita di casa, ha preso la macchina della madre e si è recata sul monte di Portofino senza dire ad anima viva dove andasse e con chi si sarebbe incontrata.»

«Come sapete che si trattava dell'auto della madre?»

«Ho spulciato i giornali dell'epoca.»

«Sì», conclude stringendosi nelle spalle, «le cose sono andate esattamente così.»

«A che ora è stata ammazzata?»

«Sul referto del medico legale è scritto fra le tre e le quattro del mattino.»

«Avete stabilito il luogo dell'omicidio?»

«È stato facile, sul ciglio della strada gli esperti della scientifica hanno rinvenuto tracce di sangue della vittima, e altre nel breve percorso fino al punto dove è stato rinvenuto il cadavere. L'ha colpita e l'ha trascinata nella boscaglia perché nessuno la vedesse.»

«La povera Adele non doveva essere un campione di espansività...»

«Una giovane molto sola.»

«...senza un'amica, un amico o una persona cara che sapesse qualcosa della sua vita privata.»

Levrero sospira, un lungo e sofferto sospiro che sembra espellere tutto il male del mondo, dalla tragedia della giovane Semeria alla guerra in Iraq, dallo tsunami giapponese fino al suo incombente pensionamento.

«Bene», dico stirando un sorriso mezzo vuoto come il famoso bicchiere del pessimismo e dell'ottimismo. «Mi sembra che ci siamo detti tutto.»

«Spero di avere chiarito i suoi dubbi e le sue perplessità...»

«È stato più che esauriente, ispettore.»

«È tutto documentato agli atti, dottore...»

A un tratto sembra colto da un'improvvisa illuminazione e lo sguardo grigio si accende d'un entusiasmo quasi infantile.

«Ah, che dimenticanza imperdonabile!» esulta assestandosi una pacca sulla fronte. «C'è un piccolo particolare che, modestamente, ho scoperto e riferito al dottor Carminati. Purtroppo non compare in nessun rapporto. Forse non è stato ritenuto importante, anche se a mio avviso valeva la pena prestarvi maggiore attenzione. Del resto io non ero che un semplice agente...»

«Quale particolare?»

«La giovane Semeria è stata colpita tre volte con un sasso raccolto sul bordo della strada. L'arma del delitto è stata ritrovata nel bosco, una decina di metri oltre il punto in cui è stato rinvenuto il cadavere. Ma nel luogo in cui è stata uccisa, sull'asfalto, ho notato un piccolo buco che la scientifica non ha segnalato.»

«È sicuro che sia stato provocato da quel sasso?»

«Ho chiesto a un collega di grande esperienza, un tecnico, che ha esaminato sia il buco sia la pietra. Non ha dubbi, la corrispondenza è perfetta.»

«Che valore avrebbe questa traccia?»

Si mordicchia il labbro inferiore e si gratta il mento.

«A mio parere potrebbe chiarire la dinamica dell'omicidio.»

«Si spieghi meglio.»

«Provi a immaginare la scena. I due passeggiano e chiacchierano, finché la conversazione prende una brutta piega. A quel punto l'assassino, colto da una sorta di raptus, vede un sasso, lo afferra e colpisce ripetutamente la ragazza. Quindi lo scaglia con forza contro il terreno.»

«Come se a un tratto avesse realizzato quello che aveva fatto?»

«Anche lei la vede così?»

«Non ha voluto infliggere il quarto colpo.»

«Esatto», conferma esaltato. «Questa circostanza escluderebbe la premeditazione.»

«E non c'è un documento, un referto che riporti questo particolare?»

«Curiosamente no. D'altra parte», aggiunge, «in mancanza di un imputato, stabilire o meno la premeditazione era relativamente irrilevante.»

«Per i parenti della vittima poteva essere rilevante.»

«Anche questo è vero», ribatte scrollando il capo e distogliendo lo sguardo. «Purtroppo si è trattato di un caso senza soluzione. Ma se posso permettermi...»

Rimane muto come un carillon inceppato. La sua proverbiale discrezione gli impedisce di proseguire senza il mio incoraggiamento.

«Dica pure, la sua opinione mi interessa molto.»

«La mia personale idea è che sull'Almansi non si sia indagato abbastanza. Non dico che fosse colpevole, per carità, del resto aveva un alibi di ferro...»

Ha ragione da vendere, anche se non posso dirgli che il suo alibi più solido sono io.

«Il fatto è che gli inquirenti non lo ammetterebbero mai, ma si sentivano intimiditi nel trattare con il figlio di un pezzo da novanta come l'avvocato.»

Devo dargli nuovamente ragione, anche se nel mio caso la soggezione che quel *pezzo da novanta* incuteva ai giudici è valsa cinque anni di libertà e dovrei benedirla ogni giorno della mia vita.

«Dopotutto era stata uccisa una ragazza di ventidue anni. Il magistrato aveva il dovere di disporre intercettazioni telefoniche e richiedere pedinamenti, perché il giovane Almansi costituiva la sola persona che intrattenesse rapporti assidui e significativi con la vittima.»

Bravo, Levrero! mi viene di pensare. Anche perché *l'Almansi* – come lo chiama lui – ha raccontato un sacco di balle. Ancora una volta la diagnosi di Pertusiello si è rivelata azzeccata, l'ispettore Schittimiri ha un fiuto formidabile e alla sezione omicidi la sua mancanza si farà sentire.

«Ma, sempre se posso permettermi», prosegue, e mi accorgo che parlare con me lo rinfranca e se potesse trascorrere l'intera giornata chiuso in questo bugigattolo a discutere dell'omicidio Semeria lo farebbe volentieri, «ci sarebbe dell'altro, ammesso che lei voglia soddisfare la mia curiosità.»

«Cortesia per cortesia...»

«Ho letto sui giornali che lei è stato ingaggiato dall'avvocato...»

«È così.»

«...e ora viene a informarsi su un omicidio avvenuto oltre trent'anni fa. Posso chiederle come mai?»

Ecco i risultati della lezione che il mio amico Pertusiello ha impartito ai suoi uomini nei vent'anni in cui ha diretto la squadra investigativa. Da quel mastino che è, gli ha insegnato a non mollare mai l'osso, a perseguire instancabilmente la ricerca della verità, anche quando tutto fa pensare che il tempo sia scaduto e che non ci siano più tombe da scoperchiare.

Mi dispiace per l'ispettore Levrero, che ha lavorato a questa inchiesta mettendoci l'anima e mi ha fornito una sfilza di informazioni decisive per la mia indagine. La sua domanda meriterebbe piena soddisfazione, ma non posso accontentarlo, neppure per lenire la ferita dell'incombente pensionamento. Anche in questo Pertusiello ha visto giusto, il mio primo dovere è parare il culo dei miei clienti.

Decido dunque di cavarmela con una risposta che forse contiene una certa dose di verità, ma sicuramente scatenerebbe un'ira implacabile e chiuderebbe ogni possibilità di dialogo con Lou.

«Da qualche tempo frequento la sorella di Adele Semeria. Se sono qui è solo per lei.»

Levrero si apre a un sorriso che per un attimo sembra fargli dimenticare i suoi guai.

«Che bella notizia», sbotta. «Alla sua età un nuovo amore!»

Queste parole mi lasciano basito. Da una persona riservata e discreta come l'ispettore Schittimiri proprio non me le aspettavo.

Dunque anche lui la pensa come la bionda dagli occhi cerulei. Tutte le stronzate che si raccontano sulla memoria avranno anche un perché – raggrumare idee per consolidare istituzioni e appartenenze o fare i conti con la propria coscienza – ma se un uomo in disarmo come l'ispettore Levrero si ravviva al pensiero che un nuovo amore *alla mia età* sia un evento che ha del miracoloso, non ci sono dubbi sul fatto che il passato è un alibi, l'ultima favola che ci raccontiamo quando non vediamo futuro davanti a noi.

In quel momento la porta si apre e l'imponente figura del commissario si affaccia sulla soglia, gli occhi fissi sull'orologio.

«Pensate di averne ancora per molto?»

«Abbiamo finito, dottore», risponde Levrero alzandosi in piedi.

«Dunque si a va a prendere questo benedetto aperitivo? Ho lo stomaco che brontola come una pentola di fagioli.»

Ci avviamo tutti e tre lungo il corridoio in direzione delle scale. Mentre passo nell'ufficio di Pertusiello, dove ho lasciato la giacca di pelle, con qualche apprensione penso alle domande che mi farà – lui che mi conosce molto meglio del suo ispettore – e a quanto sarà difficile dargli a bere che sto interessandomi dell'omicidio Semeria solo per amore.

Poi rifletto e mi dico che invece tutto torna e non ho motivo di preoccuparmi. In fin dei conti nessuno mi paga e assumere questo incarico è stato un atto di riconoscenza. Ho le mani libere e posso muovermi come mi pare. Perché dovrei vergognarmi di ammettere che mi occupo della morte di Adele perché spero di campare abbastanza a lungo per godermi la riconoscenza di Lou?

Una volta seduti nel bar, alziamo i calici dove un compunto cameriere ha versato lo champagne offerto dal sottoscritto, dopo un interminabile contenzioso con i due poliziotti che volevano pagare a tutti i costi.

«All'ispettore Levrero», dichiaro in tono solenne. «Che possa godersi la sua pensione in salute fino a novant'anni!»

14.
SOTTORIPA

Quando sulla porta del bar ci siamo congedati è uscito il sole. La tramontana ha compiuto il miracolo, spingendo le nuvole sul mare e restituendo alla città colori smaglianti e un cielo così azzurro che guardarlo fa male agli occhi e al cuore.

Quante volte mi sono chiesto perché, in certe giornate terse, quando il freddo rende l'aria rarefatta, il cielo sereno mi procuri questo struggimento che assomiglia a uno spasimo. Forse perché squarcia gli orpelli e rivela l'essenziale, il vuoto. Il nulla.

Abbiamo scolato l'intera bottiglia assaporando qualche tartina al prosciutto e al salmone e ora sono le gambe a decidere la mia destinazione, incuranti del cervello che suggerisce di prendere tempo, riflettere e muovermi con prudenza.

Mi avvio lungo corso Aurelio Saffi percorrendo il marciapiedi dal lato del mare. Voglio godermi lo spettacolo delle marine investite dal sole e cercare tra le barche la inconfondibile chiglia bianca della *Lola*, il gozzo del Capitano, attraccata al molo Giano.

Carico e accendo la pipa e osservo il fumo dissolversi rapido nella luce abbagliante del primo pomeriggio. Le auto e le moto sfrecciano sulla mia destra rombando e i gabbiani reali volano bassi sopra la mia testa lanciando richiami che evocano lamenti, urla o sghignazzi.

Sorrido al pensiero che anche per loro è cominciata la stagione degli amori. Sorrido come se mi guardassi allo specchio con indosso un vestito passato di moda, buono per altre età della vita. Vanno a posarsi sul tetto blu del padiglione della fiera, dove consumeranno un nuovo ciclo della loro breve esistenza rapace.

Belli e crudeli, d'una bellezza e crudeltà inconsapevoli, fanno la spola tra il mare e i rumentai suburbani dove si nutrono di quello che trovano. Animali ibridi, metà fieri predatori che si tuffano nelle onde per catturare i pesci e metà putridi divoratori di rifiuti, come le pantegane che scorrazzano per discariche e scoli fognari.

Siamo così anche noi? La nostra vita è un continuo oscillare tra ideali e miserie? E anche quelli che appaiono i migliori, i più puri e incontaminati, finiscono per nascondere qualche magagna nei sottoscala delle loro esistenze?

Man mano che l'ispettore parlava ho avvertito la rabbia montare al pensiero di Almansi, l'amico resuscitato dopo trent'anni per chiedermi aiuto senza spiegarmi niente di quello che stava succedendo.

Che cazzo vuoi da me, Cesare?

Perché non hai detto che con te c'eravamo anche io e Coiro? È stato tuo padre a suggerirti di non tirarci in ballo?

Chi volevi proteggere?

Un relitto appena scampato a cinque anni di carcere di massima sicurezza, affetto da un'insana familiarità con le Walther P38, affinché i giudici della corte di appello non trovassero appigli per pentirsi di averlo assolto?

Oppure uno scapestrato con il pelo sullo stomaco che per far soldi non avrebbe esitato a costruire case pericolanti con materiale taroccato?

O invece l'immagine tua, di tuo padre e della vostra famiglia borghese, troppo austera per consentirvi di far sapere al mondo quali erano le tue frequentazioni? Immagino i titoli dei giornali: «Il figlio dell'avvocato Almansi sorpreso in una discoteca alla moda con un sospetto terrorista e un... *presunto omicida*».

Più trascorrono le ore e più mi convinco che la giovane dai capelli rossi non mi sono limitato a sognarla. *Io l'ho vista.* E mi sono accorto di lei perché stava lasciando il Covo di Nord Est con il nostro compagno di baldoria. E tu, Cesare, non potevi non saperlo, perché in quel momento, mentre sul piatto del deejay girava la canzone di Bennato, noi eravamo insieme e tu guardavi nella mia stessa direzione.

Forse davvero non ti aspettavi di trovarla lì, lei che non era mai entrata in una discoteca. Ma non ho dubbi sul fatto che tu l'abbia riconosciuta. Sapevi anche che non l'avevo mai vista e probabilmente immaginavi che non l'avrei mai potuta riconoscere, perché era di spalle e il suo volto restava coperto.

Ma Giovanni Coiro questo poteva saperlo?

Ho camminato a passo sostenuto e senza accorgermene mi ritrovo all'ombra dei portici di Sottoripa affollati di gente. La luce crepita violenta su piazza Raibetta, l'Expo e piazza Caricamento. L'aria è impregnata dell'odore che esala dalle pescherie e dalle friggitorie che, approfittando della bella giornata, hanno aperto le porte sul passeggio.

Intorno al chiosco dei panini la solita ressa di giovani con pochi soldi in tasca, qualche punkabbestia con i suoi cani, operai arabi e ispanici dall'incarnato scuro e giganti dalla pelle nera venuti dai più remoti paesi dell'Africa avvolti nei loro caffetani multicolori. Biascicano con il bicchiere in mano e chiacchierano senza una seggiola dove posare il culo, appoggiati al muro tra un supermarket cingalese e una pescheria.

Un tempo il mare arrivava fin qui, a lambire le colonne che reggono gli archi a ogiva del porticato. Questi muri raccontano una storia millenaria di traffici e uomini sbarcati su questa riva da ogni parte del mondo.

Genova, la mia maledetta città frastornata dalle campane delle chiese e dalle sirene delle navi che entrano ed escono dal porto. La Superba con le pezze al culo. Chiusa, inospitale, provinciale, vecchia e rincantucciata in una delle infinite periferie del mondo. In vent'anni ha perduto duecentomila abitanti, quasi tutte le industrie, i fasti dell'aristocrazia mercantile e l'orgoglio di classe di un proletariato tra i più agguerriti d'Europa. Coltiva la sua altezzosa agonia come un vecchio demente che ha dimenticato la strada di casa.

Qui per interrogare il futuro ci vorrebbero i tarocchi. Solo un fanatico come Cesare Almansi può avere la presunzione di rappresentare i suoi abitanti e guidarli sui luminosi sentieri di uno sviluppo equo e sostenibile. E i suoi accoliti con la pensione garantita e il lutto per la falce e martello sono rimasti i soli a permettersi il lusso di nutrirsi di memoria e gingillarsi con il sapore agrodolce della nostalgia. Per chi ha meno di quarant'anni e una famiglia che non porta il blasone del potere e della ricchezza – quelle dieci, dodici tribù che hanno imboscato i loro capitali nelle banche, affidandoli all'abominio dei giochi finanziari – non esiste altra scelta che scappare via, altrove, il più lontano possibile.

Eppure continua a essere approdo di esuli in fuga, asilo di destini segnati dalla miseria e dalla disperazione, terra che sprigiona bellezza e fascino e non si arrende alla rassegnazione.

Dalle bancarelle dei senegalesi si levano fumi di incensi aromatici. Nei negozi rilevati cash dai cinesi emigrati da Canton si trova qualunque cosa di cui uno abbia bisogno, fuorché un commesso che parli italiano.

Svolto in vico Morchi e risalgo in via San Luca, per sbucare finalmente in via della Maddalena. Il comitato elettorale di Almansi è installato in un fondo affittato grazie ai contributi volontari dei suoi supporter. Coiro compreso.

Quando varco la porta a vetri su cui campeggia un manifesto con la faccia del candidato trovo lo staff al completo impegnato in una riunione. C'è anche la bionda dell'ufficio stampa e manca solo lui, il mio vecchio compagno di liceo.

Tutti mi guardano come se fosse entrato uno spettro. La mia faccia non deve ispirare simpatia. Il primo ad aprire bocca è Checco Masini.

«Bacci caro», mi saluta con calore misto a una certa apprensione, «che piacere vederti. Come mai qui?»

«Devo parlare con Almansi.»

«Allora sei nel posto giusto, sta per arrivare.»

«Ha lasciato il terminal traghetti cinque minuti fa», precisa Carla Benzi lanciando un'occhiata all'orologio. «Sta venendo in scooter con Berto.»

Lou mi ha osservato un attimo con stupore per poi attaccarsi allo schermo dello smartphone, senza degnarmi di un saluto. Sorprendentemente oggi è vestita da donna. Tubino nero, calze velate scure e scarpe con il tacco. Sarà reduce da qualche cerimonia ufficiale, di quelle dove l'abito elegante è d'ordinanza. Così abbigliata è ancora più bella, e la sua indifferenza mi rende ancora più furioso.

Nel silenzio imbarazzato che si è creato, il giovane Gandolfo rompe il ghiaccio e domanda: «Dottor Pagano, qualcosa non va?».

«Qualcosa», rispondo con un sorriso e un tono risentiti, di cui subito mi pento perché il ragazzo non ha alcuna responsabilità in quello che sta accadendo.

L'esperto informatico mi invita a prendere posto e Lou alza gli occhi dal suo maledetto cellulare e mi lancia uno sguardo distaccato, quasi fossi un moscone entrato per sbaglio a disturbare la riunione. Mi sento goffo e ingombrante e percepirla così lontana mi fa troppo male. Così decido di uscire.

«Ho bisogno di un caffè», bofonchio in tono di scuse. «Torno subito.»

Mi ritrovo sul carruggio in mezzo a una pattuglia di arabi barbuti che hanno l'aria di essersi autoproclamati custodi del Libro Sacro.

Mi assale un rigurgito di rabbia pensando a loro e a tutti quelli che credono di avere bevuto l'acqua miracolosa della Verità. Preti cattolici, buddisti, testimoni di Geova, avventisti del settimo giorno e, ai miei tempi, perfino sedicenti comunisti. Ragazzini appartenenti a qualche gruppuscolo extraparlamentare che poteva tenere il congresso in una cabina telefonica venivano a spiegarti, sventolando il giornale e citando a man bassa Marx, Engels, Lenin e qualche improvvisato padre putativo, che il capitalismo era morto, intrappolato nelle sue contraddizioni, e la rivoluzione proletaria un evento ineluttabile. Da lì a qualche anno le loro profezie si sono rivelate carta straccia e alcuni di loro sono finiti a libro paga delle televisioni del miliardario ridens.

Mi sento chiamare da dietro. Mi volto e scorgo una donna che, facendosi largo tra la folla, si sbraccia con un entusiasmo chiassoso, eccessivo.

«Bacci! Bacci Pagano!»

Quando siamo uno di fronte all'altra la osservo con attenzione e il suo volto mi ricorda qualcosa, anche se gli occhiali da sole non aiutano a trovarle una collocazione nella mia sbrindellata mappa mentale.

Avrà quarantacinque anni ben portati ed esibisce lineamenti armoniosi e un fisico di tutto rispetto. Abbigliamento casual sapientemente dosato – piumino e attillatissimi jeans neri –, dev'essere un'assidua frequentatrice di palestre e solarium. Attacca a parlare con un tono di voce troppo alto, sopra le righe.

«Non ti ricordi di me? Ci siamo conosciuti quest'estate allo Sporting.»

In vita mia sarò entrato in uno stabilimento balneare di corso Italia forse una decina di volte. Cinque delle quali per accompagnare mia figlia Aglaja che si incontrava con le sue amichette, prima della mia separazione da Clara. Quest'estate, trascinato da un amico preoccupato per il mio isolamento, sono finito sulla spiaggia dello Sporting e mi sono ritrovato pallido come uno stoccafisso al fianco di questa donna dalla pelle abbronzata e lucida di olio solare il cui nome si è perso in un buco nero della memoria.

Orietta? Oriana?

Avevo tentato un blando approccio e ricordo appena il dialogo che ne è seguito.

«Cosa fai nella vita?» aveva domandato stendendosi a pancia sotto e slacciando il reggiseno.

«Un lavoro come un altro, il ricercatore.»

«Davvero? E cosa ricerchi?»

«Persone scomparse o in procinto di scomparire.»

«Dev'essere molto interessante. E ti pagano bene?»

«Non mi lamento. E tu, che fai nella vita?»

«Mi occupo di futures, swap, hedge e index funds...»

«Che roba è?»

«Trading finanziario, fondi di investimento, quelle cose lì... Alla Carige.»

«Insomma, lavori in banca.»

«Vuol dire che il tuo numero telefonico può tornarmi utile quando Alberto sarà adolescente.»

«Chi è Alberto?»

«Mio figlio. Ha otto anni e assomiglia tutto al papà, biondo con gli occhi azzurri...»

«Un piccolo vichingo.»

«L'abbiamo iscritto alla scuola americana. Sai, mio marito è dirigente dell'ufficio commesse di una multinazionale anglo-canadese ed è sempre in giro per il mondo.

Dice che una buona conoscenza dell'inglese oggigiorno è un must.»

«Tuo marito vede lontano.»

Si era sollevata leggermente sui gomiti, lasciando intravvedere un paio di corpose mammelle troppo insensibili agli effetti della forza di gravità per non essere frutto della mano sapiente di un chirurgo estetico.

«In questo momento è negli Emirati Arabi.»

«Chissà che caldo.»

«Oh, sì, tremendo! Come ogni giorno, stamattina alle nove mi ha telefonato. Questa notte c'erano quaranta gradi. Infatti abbiamo deciso di fare le ferie in montagna. Ho prenotato un hotel a Corvara, in val Badia. E tu dove andrai in vacanza? Dal colore della pelle non sembri un patito del sole e del mare.»

«Al contrario, solo che da qualche tempo mi manca la voglia.»

«La voglia di che?»

«Di tutto.»

Ora ha tolto gli occhiali e mi scruta con due grandi occhi castani sgranati che sembrano volere strapparmi il segreto dell'esistenza. Sorride nervosa e attacca: «Ti trovo bene, sai? Non dirmi che ti è tornata la voglia».

«La voglia di che?»

«Forse di vivere?» ammicca maliziosa.

«E tu? Come sono andate le vacanze in montagna?»

«Lascia perdere. Io e mio marito ci stiamo separando.»

«Mi dispiace...»

«Anche a me, ma non potevo più tollerare i suoi continui tradimenti.»

«Eh, questi uomini...»

«Tu sei sempre single?»

«Più o meno.»

«Ti andrebbe di vederci per un aperitivo? Due chiacchiere tra amici. In questo periodo ho bisogno di parlare con qualcuno.»

«Perché no? E tuo figlio, il vichingo, come l'ha presa?»

«Non bene, è molto legato a suo padre. Lo vede così poco... Ma io gliel'ho detto chiaro: la festa è finita. In barba al lavoro e alle trasferte, un weekend su due Alberto deve passarlo con lui. È tempo che si prenda le sue responsabilità e cominci a fare il padre.»

«Dai tuoi discorsi non sembrava un cattivo padre.»

«Assente», replica piccata. «Un padre che vede suo figlio cinque, sei giorni al mese come vuoi definirlo?»

«Immagino sia il destino degli amministratori delegati...»

«Puttaniere, altro che amministratore delegato! Prolungava le trasferte per spassarsela con le sue segretarie e, una volta arrivato a casa, non faceva che lamentarsi d'essere stanco. *Troppo* stanco per giocare con suo figlio. Ma d'ora in avanti la musica cambia, a costo di spedirgli il bambino in aereo in Sudafrica o in Brasile.»

«Sembri molto agguerrita...»

Si è accorta che non ricordo il suo nome ma la défaillance, piuttosto che indispettirla, sembra riempirla di tenerezza.

«Smemorato che sei», sorride. «Mi chiamo Ombretta.»

«Scusa», abbozzo, «la mia memoria non è più quella di una volta.»

Rivolge una plateale occhiata panoramica lungo il mio corpo, dall'alto verso il basso, e dopo avermi strisciato una carezza sulla guancia sussurra: «Speriamo sia solo quella».

Apre la borsa e ne estrae un biglietto da visita che mi porge con un gesto lento, quasi estenuato.

«Questi sono i miei numeri. Chiamami sul cellulare, mi trovi a qualunque ora.»

«Volentieri, Ombretta.»

Il biglietto resta sospeso a mezz'aria, tra la sua mano e la mia, mentre lei stira il collo sbirciando dietro le mie spalle. Mi volto e l'immagine di Lou, in tenuta da sfilata di moda, si materializza in mezzo alla folla che transita per via della Maddalena. L'impressione è che sia lì da qualche tempo.

«Che ci fai tu qui?» domando.

Nei suoi occhi sfrigola un lampo d'odio. L'espressione è beffarda e il sorriso che accompagna la risposta rigurgita veleno.

«Il tuo caffè è stato lungo, compagno Pagano.»

«Ti presento...»

Ombretta sta per farsi avanti e porgere la mano, dove è rimasto appeso il biglietto da visita, ma lei non la degna di uno sguardo. Come se non esistesse.

Infilo in tasca il biglietto e sto per congedarmi dall'esperta di trading finanziario in libera uscita da un matrimonio che sembrava solido come la piramide di Cheope, quando sento Lou aggiungere: «Almansi è arrivato da un pezzo. Ti sta aspettando prima di cominciare la riunione».

15.
L'ISOLA CHE NON C'È

Adesso rifugge i miei occhi, come fanno i bambini dopo avere toppato, e il suo pallore non suscita più tenerezza. Mi assale una gran voglia di prenderlo a pugni. Gli è bastato lanciarmi un'occhiata per capire che il tempo dei giochetti è finito.

Lo staff al completo ci osserva come se recitassimo a teatro, in attesa di un epilogo ancora tutto da scrivere.

«Bacci», riesce appena a domandare, «è successo qualcosa?»

«Dobbiamo parlare. Subito.»

Non muove obiezioni e si rivolge ai suoi fedelissimi con aria dimessa.

«Scusatemi, ho bisogno di altri dieci minuti.»

Berto, in piedi sulla porta, mi scruta inquieto e accigliato. Lui lo conosce da quando era bambino e nella sua espressione mi sembra di cogliere una tacita complicità, quasi volesse comunicarmi che la dedizione non gli impedisce di comprendere che sto cercando di aiutare il suo boss a difendersi da sé stesso.

Almansi mi prende sotto braccio e mi spinge verso l'uscita senza aggiungere una parola. Nel suo gesto avverto la rabbia di chi sta per capitolare e il dispetto che accompagna la presa d'atto d'una sconfitta.

Una volta sul carruggio svolta deciso a sinistra.

«Andiamo da Cavo», dice. «Lì staremo tranquilli.»

L'antico caffè di piazza Fossatello, a due passi dalla casa di Lou. Specchi, legno e vetrine colme di bottiglie pregiate conservano il fascino di un locale che potrebbe assurgere a simbolo della città. Conserva geloso la sua aria rétro senza per questo rinunciare a servire cocktail e cappuccini non solo ai vecchi genovesi che parlano italiano di malavoglia e per compiacenza, ma a gente venuta da ogni parte del mondo con la speranza negli occhi e la desolazione nelle tasche e nel cuore. Uomini e donne ai quali guardare indietro procura un tale dolore che non gli resta altro da fare che assecondare la signorina Suárez e sforzarsi di pensare al futuro.

Il barista saluta Almansi con la deferenza dovuta a un cliente di riguardo e saliamo al primo piano.

Il vano è gremito da una comitiva di turisti inglesi piuttosto attempati che parlano con voce sommessa davanti a tazze di tè e pasticcini. Ci accomodiamo in un séparé dal quale si vede l'ingresso e il mio amico candidato trae un lungo respiro che vorrebbe significare che la sua pazienza è al limite. Me l'aspettavo che ci provasse – del resto fa l'avvocato e mentire e convincere sono la quintessenza del suo mestiere – anche se so che la sceneggiata non durerà a lungo.

Ci siamo seduti uno di fronte all'altro, come se fossimo in questura.

«Allora», attacca duro. «Si può sapere...»

«Adesso sta' zitto e lasciami parlare.»

Si blocca e la sua grinta si scioglie come una maschera di cera esposta al calore del fuoco.

«Ho fatto qualche indagine e ho scoperto che dopo quella notte di trentatré anni fa hai raccontato un mucchio di balle al magistrato e alla polizia.»

«Un mucchio di balle?» risponde ostentando una tranquillità che non prova. «Ho solo nascosto il fatto che c'eravate anche voi. Non volevo che restaste coinvolti...»

«Hai fatto molto peggio: hai omesso di dire che al Covo c'era Adele e che è andata via insieme a Giovanni Coiro.»

Prova a sorridere ma non riesce a fare niente più che stirare le labbra. Non so se è per via della luce slavata che spiove dalla finestra, ma il suo incarnato si è fatto cadaverico.

«Adele? Te la sarai sognata.»

«L'abbiamo vista insieme. Stavano suonando una canzone di Bennato, *Nel covo dei pirati*, e il tuo amico Gianni si stava allontanando senza di noi...»

Scoppia a ridere, una risata insofferente e quasi astiosa.

«Ma quale *Covo dei pirati*? Quella sera non hanno fatto che suonare *L'isola che non c'è*!»

«Sei sicuro?»

«Sicurissimo. Uno dei maggiori successi della stagione.»

«E *Nel covo dei pirati*?»

«Io non ricordo di averla sentita.»

«Neanche una volta?»

Scuote la testa, deciso.

«Ma la conosci?»

«Certo che la conosco. Quel disco l'ho ascoltato ogni giorno per anni.»

Sarà davvero così? Eppure la canzone del mio sogno... Ma lui sembra troppo convinto per sbagliarsi. Che razza di scherzi mi sta giocando la memoria?

«Complimenti», lo schernisco. «Altro che obnubilato dal fumo e dallo champagne!»

«Sai cosa penso?» ribatte. «Che dopo aver parlato con Lou tu abbia montato un film senza capo né coda...»

«E tu? Che film hai montato per metterci una pezza con lei?»

«Non so di che parli.»

«È furiosa con me e sono sicuro che la prima cosa che ha fatto è stato chiederti spiegazioni su quello che le ho raccontato ieri sera. Non sapeva che quella notte al Covo c'eravamo anche il tuo amichetto e io. Ma, soprattutto, non sapeva che c'era sua sorella.»

Rabbercia uno dei suoi sorrisi di superiorità che mi fanno prudere le mani e replica acido: «Quando ti ho assunto per scoprire chi mi minaccia, non immaginavo che avresti trascorso il tempo in birreria a corteggiare le donne del mio staff».

«E io non immaginavo che nascondessi la verità alla sorella della tua amica uccisa.»

«Quale verità?»

«Quella che hai tagliato dal *suo* film.»

«Adele non è mai entrata in quella discoteca.»

«Come vuoi, Cesare. Non mi lasci altra scelta.»

Mi lancia un'occhiata preoccupata.

«Che significa?»

«Vado dal mio amico Pertusiello, commissario capo della omicidi, gli racconto quello che ho scoperto e faccio riaprire il caso.»

«Quello che *credi* di avere scoperto...»

«Quello che ricordo.»

«Eri sbronzo marcio...»

Conficco lo sguardo nei suoi occhi color antracite e gli parlo con una durezza che non avrei mai creduto di usare con il figlio dell'uomo che mi ha fatto sfangare cinque anni di galera.

«Dimmi una cosa, avvocato. Qual è la peggiore stronzata che si può fare a un amico?»

Si stringe nelle spalle e, levando gli occhi al soffitto, si mordicchia il labbro inferiore.

«Forse tradirlo...»

«No. C'è qualcosa di peggiore: mettere in dubbio le sue percezioni e i suoi ricordi. Trattarlo come un pazzo o un idiota. È quello che stai facendo con me.»

«Ma se Adele non l'hai mai conosciuta! Come fai ad affermare che era lei?»

«La descrizione fisica corrisponde, aveva preso l'auto

di sua madre e il giovane che l'affiancava era Gianni Coiro. A un certo punto lui è scomparso e sappiamo che non aveva l'automobile. Verificare il colore dell'abito che Adele indossava quella notte rinfrescherà la mia memoria. Mi basterà chiedere a Lou, sempre che tu non l'abbia intortata al punto che non voglia più parlarmi, nel qual caso andrò a leggere gli atti.»

«Non lo farai.»

«Oh, sì che lo farò. E subito, senza aspettare la fine della campagna elettorale.»

«Non dimenticare che sono tuo cliente. Intendi rovinarmi?»

«Non faccio che restituirti la moneta con cui mi hai pagato.»

Arriva una giovane con le trecce bionde e la corporatura minuta, una specie di bambolina nordica che parla con un marcato accento straniero, forse rumeno, e ci chiede cosa desideriamo. Cesare ordina un caffè e questa volta decido di seguirlo. Sento ancora fluttuare nella testa le bollicine dello champagne.

Almansi rimane con la testa bassa e le braccia incrociate sul tavolo, chiuso in un silenzio cupo e pensieroso. Di colpo solleva lo sguardo e sbotta.

«D'accordo, Bacci. Scopriamo le carte.» Tentenna un attimo e aggiunge: «Però devi farmi una promessa».

«Non prometto più niente a scatola chiusa. Prima sputa l'osso.»

«Lascia fuori Lou da questa storia.»

«Non ci penso proprio. Sono anni che vive in un limbo e ha diritto di sapere.»

«Porta un altro cognome», aggiunge, e la frase suona quasi una supplica, «e *nessuno* sa che Adele era sua sorella.»

«Io lo so.»

Almansi il semidio, Almansi il freddo, l'avvocato che non perde il controllo e il politico che riporta alla ragionevolezza le discussioni più accese, si è fatto paonazzo e ha contratto il volto in una smorfia di sdegno e disgusto. Esplode in uno sfogo gridato a squarciagola, tanto da attirare l'attenzione degli inglesi che si voltano dalla nostra parte e ci lanciano occhiate cariche di disprezzo. I soliti italiani che non sanno come si sta al mondo.

«Tu, tu», comincia puntandomi il dito sulla faccia. «Ti credi in diritto di disporre della vita degli altri? Credi forse di capirla meglio di me, che la conosco da quando era ragazzina? Cosa ti sei messo in testa? D'essere il cavaliere che libera la dama dal drago?»

«Vuole la verità sulla morte di sua sorella e nessuno glieI'ha saputa dare.»

«Non cerca la verità. Cerca... vendetta!»

«Può darsi, chi è vittima di un trauma ha tutto il diritto di farlo.»

«E per placarla vorresti servirle su un piatto d'argento la testa di Coiro? Ma con quale diritto...»

«Anche tu, con la tua disinvoltura, hai giocato con la sua vita.»

«Di che stai parlando?»

«Come definiresti le tue omissioni, le balle che le hai raccontato?»

«Non ti facevo così presuntuoso, Bacci. Presuntuoso e cinico.»

«Cinico? Ma se, prima che ti mettessi con le spalle al muro, mi hai dato del visionario!»

«Non è forse per farti bello ai suoi occhi che fai tutto questo?»

«Te l'ha detto lei?»

«Non me lo ha detto, ma credo sia quello che pensa.»

«E del tuo curioso modo di proteggerla che cosa pensa?»

Sbuffa e non risponde. Forse è troppo impegnato a salvare il mondo per occuparsi di dettagli così personali.

«È vero o no che Adele quella notte era là?»

«È vero», ammette.

«Ed è vero che è uscita dalla discoteca con il tuo amico?»

«Sì, sono usciti insieme.»

«L'avevi invitata tu?»

«Sei pazzo? Quando l'ho vista ho creduto di avere le traveggole.»

«E cosa ci faceva da sola, a quell'ora, al Covo di Nord Est?»

«Vuoi la verità? Le avevo raccontato tutto: che quella sera mi sarei visto con un vecchio amico appena uscito di prigione e che avremmo fatto baldoria. Devo avere accennato al fatto che saremmo finiti in quella discoteca e lei si è messa in ghingheri, ha preso la macchina ed è venuta.»

«Voleva farti una sorpresa?»

Cambia espressione e di colpo si affloscia come un sacco vuoto. Le parole escono in un sussurro dalle labbra storte per il dolore e, forse, il rimorso.

«È venuta per verificare se le avevo detto la verità.»

«Era innamorata di te?»

Nasconde il volto nelle mani, i gomiti appoggiati al tavolo, e annuisce. Quando riemerge e torna a guardarmi il volto è deformato da una smorfia di dolore.

«Avevate una storia?»

«Da oltre un anno.»

«E come mai nessuno ne era al corrente?»

«Lei voleva che restasse segreta.»

«E perché?»

Esita a dire qualcosa che deve pesargli come un macigno. Una verità troppo intima – o scomoda – per riferirla a qualcuno che di mestiere fa l'investigatore privato e non lo psicoanalista. Alla fine si decide e risponde: «Per Lou».

«*Per Lou?*»

Conferma, lo sguardo perso chissà dove, annuendo con la testa.

«Che cazzo c'entra Lou?»

«Adele voleva molto bene a sua sorella, era protettiva con lei.»

«Vorresti farmi credere...»

«Lou le aveva confessato di nutrire per me una sorta di venerazione e non voleva... ferirla.»

«Ho sempre sospettato che le famiglie degli psicoanalisti coltivino germi di pazzia, ma fino a questo punto...»

«È sempre stata una ragazzina particolare. Fragile, sofferente...»

«Cazzo, si sarà trattato di un'infatuazione adolescenziale. E voi vi siete fatti tenere in scacco per oltre un anno?»

«Non credere che non abbia provato a convincerla, ma Adele si è sempre rifiutata di dirle la verità.»

«La mia impressione è che Lou abbia sempre saputo che voi stavate insieme.»

«Forse lo ha sospettato, è normale.»

«Lascia perdere la normalità, questa storia sembra la trama di un film di Buñuel. Tu le hai preannunciato che avresti fatto baldoria con un ex detenuto e lei senza avvisarti è arrivata alle due del mattino al Covo di Nord Est. E poi cosa avete fatto? Avete parlato? Dopotutto, anche se clandestina, eravate una coppia e scopavate.»

«Che ne sai tu?» sussulta risentito.

«So che non era vergine.»

«Chi te l'ha detto? Lou non poteva saperlo.»

«Infatti non è stata lei», taglio corto. «Faccio questo lavoro da quasi trent'anni e anch'io ho le mie fonti.»

«Non abbiamo parlato. Forse si vergognava della sua stupida gelosia e non mi ha neppure avvicinato.»

«E tu?»

Esita ancora, poi ammette: «Anch'io mi vergognavo. Ero ubriaco e avevo fumato come un drogato. Ho lasciato che mi vedesse insieme a voi, in modo che si accertasse che non c'erano donne con noi, e ho chiesto a Gianni di riaccompagnarla a casa. Non volevo che mi scoprisse in quello stato. Lei era fatta di un'altra pasta».

«E lui, anziché riaccompagnarla a casa...»

Ritorna la giovane cameriera e ci serve i caffè. Deve avere percepito l'aria che tira perché senza dire una parola si dilegua rapida come un fantasma.

«Anziché un cazzo!»

Torna ad avvampare e mi vomita addosso un risentimento torvo, da animale ferito.

«Cosa credi che abbia fatto appena ho saputo della tragedia, ancora prima che la polizia suonasse alla porta del mio appartamento? Sono corso da lui e l'ho preso per il collo.»

«Avresti fatto meglio ad aspettarli e denunciarlo.»

«Mi ha spiegato che in un primo momento Adele avava accettato di essere riaccompagnata, ma poi ha cambiato idea.»

«E gli ha chiesto di andare in camporella a San Rocco...»

«Lo ha lasciato a Santa Margherita, dicendogli che preferiva tornare da sola. Erano le tre del mattino, lui si è addormentato nella sala d'attesa della stazione e ha preso il primo treno per Genova.»

«E tu naturalmente gli hai creduto.»

«Mi ha mostrato il biglietto.»

«Come alibi mi sembra deboluccio. Adele è stata uccisa fra le tre e le quattro. Coiro ha avuto tutto il tempo di raggiungere Santa Margherita a piedi.»

«L'ho malmenato, insultato, minacciato. L'ho guardato negli occhi e... sì, gli ho creduto.»

«Ne hai parlato con tuo padre?»

«No», risponde secco. «Di questa storia non ha mai saputo niente.»

E cinque, penso. Dopo il pittoresco commissario Carminati, il giudice Alessandri, la bionda Lou e il sottoscritto, il quinto uomo dispensato dal greve fardello della verità è stato il grande Aristide Almansi. Subito però mi viene in mente che quest'ultimo ci ha visti partire da casa sua e dunque non poteva non sapere.

«Eppure quando ti ha dato le chiavi dell'automobile c'eravamo tutti. Me lo ricordo come fosse ieri.»

«Certo, è stato lui a suggerirmi di non fare il tuo nome. Eri appena uscito dal processo, credeva nella tua innocenza e voleva proteggerti.»

«E Coiro?»

«Coiro cosa?»

«Voleva proteggere anche lui?»

«Ti rinfresco la memoria, a casa mia abbiamo brindato in quattro: tu, io e i miei genitori. Con Gianni ci siamo incontrati dopo, al bar Lino di piazza Alimonda, dove vi siete scolati i primi due Negroni.»

Ha ragione. Nel superattico con vista Corsica della circonvallazione a monte, Coiro non c'era. Dunque il vecchio Almansi ignorava il fatto che fosse con noi.

«E quando la polizia e il magistrato ti hanno interrogato non gliene hai parlato?»

«No.»

«Perché?»

«Chiedendogli di riaccompagnare Adele l'avevo involontariamente messo nei guai. Mi sentivo in debito con lui.»

Ora sono io a rimanere in silenzio e osservarlo con uno sguardo che esprime tutto il mio scetticismo. Afferra la tazzina e la svuota in due sorsi, senza sentirne il gusto. Prende ad agitarsi sulla sedia finché perde la pazienza e domanda: «Che hai da guardare?».

Sollevo il mio caffè e comincio a centellinarlo, quasi fosse un calice di champagne. Cesare Almansi non mi frequenta da troppo tempo per sapere che il caffè non mi piace e lo bevo solo per tenermi sveglio.

«Secondo te», domando, «come sono andate le cose?»

«Non passa giorno che non mi faccia questa domanda, da trentatré anni.»

«Il tempo non ti è mancato. Hai trovato la risposta?»

«Forse lungo la strada ha incontrato qualcuno che chiedeva un passaggio. L'ha fatto salire e quello l'ha costretta a deviare per quella strada buia.»

«Per ucciderla a colpi di pietra senza tentare di violentarla?»

«Potrebbe essere andata così.»

«No, Cesare, non potrebbe. I maniaci omicidi esistono solo nei thriller americani.»

«Questo lo credi tu.»

«E comunque sarebbero seguiti altri delitti, e così non è stato.»

«Forse voleva averla, lei ha rifiutato e l'ha uccisa.»

«Nemmeno questo. Non è stata ammazzata in auto. I due camminavano sul ciglio della strada come due buoni amici. A un certo punto l'assassino ha afferrato una pietra, l'ha colpita e ha trascinato il cadavere nella boscaglia perché non venisse scoperto subito. Non si passeggia di notte su una strada come quella con uno sconosciuto.»

«Gianni per lei *era* uno sconosciuto.»

«Gianni era il tuo migliore amico, e lei una donna innamorata e gelosa.»

«E allora?»

Non c'è argomento che possa intaccare la sua granitica certezza. Il suo amico Coiro *deve* essere innocente, anche quando arruola architetti invischiati con la 'ndrangheta, anche quando per accrescere i guadagni costruisce case pericolanti.

All'improvviso si scuote e guarda l'orologio.

«Mio Dio, è passata quasi un'ora! I compagni mi stanno aspettando.»

Avrei tante altre domande da fargli, ma decido di lasciarlo andare. Mi resta appena il tempo di onorare le incombenze del mio incarico.

«Vuoi ascoltare il primo report o devo spedirti una relazione scritta?»

«Ti ascolto.»

«Ho scoperto chi ti fa le telefonate, ora devo scoprire perché.»

«Davvero?» replica squadernando un sorriso e un tono di condiscendenza. «E chi sarebbe?»

«Chi altri? Il tuo amico Gianni Coiro.»

«Che intuizione! E come ci sei arrivato?»

«È semplice. Dopo il nostro incontro, la sera della fiaccolata, le chiamate sono cessate.»

«Che idiozia! E quale vantaggio ne ricaverebbe? Un'accusa di omicidio?»

«Questo ancora non lo so.»

Con un gesto plateale mi manda al diavolo.

«Il caffè è pagato», aggiunge. «Ci sentiamo presto, anche domani se vuoi.»

Infila le scale e sparisce.

Rimango solo e ora posso godermi il sommesso brusio degli inglesi che chiacchierano nella loro lingua così impeccabilmente civile. Da solo con i miei pensieri e i miei dubbi e la paura che Lou, dopo avere parlato con Almansi, non voglia più vedermi.

Mi sento più ammaccato della sera in cui gli uomini di Morabito mi hanno fatto la festa. Tra le altre cose, mi brucia la incomprensibile défaillance della mia memoria. Perché mai, se il deejay ha suonato *L'isola che non c'è*, nel sogno ho sentito *Nel covo dei pirati*? Dopotutto la prima canzone è più famosa e l'avrei riconosciuta anche senza l'aiuto di mia figlia.

Un lampo mi mette sulla strada e, almeno questo piccolo enigma, trova la sua soluzione.

Il Covo.

Il sogno voleva ricordarmi che la ragazza dai capelli rossi usciva dalla discoteca in cui avevo trascorso l'ultima notte di baldoria con il mio compagno di liceo.

16.
IMPRONTE NELLA NEVE

Non l'ho richiamato, né il giorno dopo né in quelli successivi. Non avevamo nient'altro da dirci.

Le anime belle come lui non si lasciano convincere facilmente e quando si affezionano a un'idea non mollano l'osso neanche di fronte all'evidenza. Katia la Pasionaria e il proprio padre, la morigerata Adele e la sorellina *fragile e sofferente*, il Sessantotto e l'amico Coiro vanno preservati come reliquie di un passato che deve restare uguale a sé stesso, anche quando il tanfo di marcio diventa insopportabile.

Da alcuni giorni non ho notizie di Lou. Mi domando che cosa le abbia detto Almansi per giustificare un bluff durato trentatré anni. E come diavolo abbia fatto a convincerla a stare lontana dalla sola persona al mondo che ha scoperto qualcosa di nuovo sulla morte di sua sorella.

Forse l'ha persuasa che mi sono inventato tutto al solo scopo di rendermi interessante ai suoi occhi.

Sorrido al pensiero delle acrobazie che si inventerà per parare il colpo, ora che sa di non poter contare sul mio silenzio omertoso. *Peso el tacòn del buso* – peggio il rattoppo del buco – dicono i veneziani.

Per trent'anni le ha fatto credere che quella notte era solo, per poi ammettere che c'eravamo anche io e Coiro. Ora dovrà aggiungere il particolare, assai più indigesto, che anche Adele si trovava lì. Gli toccherà affilare tutte le armi del suo mestiere – sporco quanto il mio – per convincerla a fidarsi ancora di lui.

Avrei potuto chiamarla e dirle che il suo idolo di ragazzina, di fronte alla minaccia di far riaprire l'inchiesta, ha finalmente vuotato il sacco. Avrei anche potuto spiattellare il fatto che fin da principio, in ossequio all'icona della ragazzina fragile e sofferente, l'ha trattata come se fosse un'idiota.

Avrei potuto.

Ma non l'ho fatto.

E non lo farò prima di avere trovato una spiegazione che convinca anzitutto me stesso.

Almansi mi ha accusato di avere seguito questa pista per farmi bello con lei. Come se l'amore e la conoscenza fossero incompatibili e antagonisti, e uno escludesse l'altra.

È il tarlo, la fissazione di tutti quelli che credono indefessamente nella Giustizia. Per loro non c'è altro crisma che autorizzi gli uomini a inseguire l'ombra della verità. Non ha senso cercare se non per rimettere le cose a posto, rimediare a uno strappo e punire un colpevole. Una faccenda d'ordine superiore, un conto aperto tra la società e gli individui in carne e ossa.

Non li sfiora l'idea che la verità faccia gola per tutt'altre ragioni. E che il più delle volte la conoscenza muova dai rebighi più neri del nostro animo, dove allignano l'odio e l'amore, che ci spingono a sapere al solo scopo di capire coloro che amiamo e odiamo. E per farlo dobbiamo scavare nella merda di cui è piena la loro vita, con la speranza di arrivare in fondo e trovare un germoglio, un barlume che riscatti la crudeltà dell'esistenza e restituisca dignità a chi la subisce.

Non immaginano che si possa indagare non per rattoppare un ordine sgualcito ma per inculare il destino.

Alle elezioni mancano meno di due settimane. Mi sono buttato a capofitto nel lavoro perché dovevo distrarmi dal pensiero di Lou. Non volevo chiamarla e non sopportavo che la sua assenza si trasformasse in un prolungato, inutile supplizio.

Il freddo si è fatto pungente, con il vento da nord che non dà tregua e il cielo terso d'un colore che ricorda il lapislazzuli. Muovermi in Vespa e pedinare quel baciapile di De Paoli senza bisogno di scolarmi di pioggia, intabarrato nella cerata, è stato quasi un piacere.

Gli sono stato alle calcagna quattro giorni di fila e puntualmente ha compiuto lo stesso tragitto. Dallo studio di via XXV Aprile al cantiere dell'impresa di costruzioni Coiro sulla collina di Albaro, dove l'amico di Almansi sta ristrutturando un'elegante palazzina ottocentesca. E da lì, ogni giorno intorno alle cinque, via su un taxi per correre in udienza dal suo datore di lavoro, imbucandosi nel portone di un palazzo di piazza della Vittoria che nell'atrio ha esposta in bella vista una targa in ottone con la scritta: GIOVANNI COIRO BUILDING S.R.L. – PIANO 3.

Non sono ancora riuscito a incontrarlo, il grasso costruttore che commette le peggiori nefandezze non per dolo ma per leggerezza. Per tre sere sono rimasto fino a mezzanotte davanti al portone in attesa che uscisse, con la temperatura prossima allo zero, ma lui non si è fatto vedere. Mi è venuto il dubbio che dorma in ufficio.

Ma il tempo stringe e, a costo di fare mattina, questa notte non mi muoverò di qui. L'elenco telefonico attesta che abita in centro, nella zona dell'antico seminario, e prima o poi dovrà andare a casa per cambiarsi.

Peccato che il meteo sia volto al brutto e il clima non sia ideale per trascorrere la notte all'addiaccio. Ha girato a tramontana scura e stamattina, al risveglio, ho trovato sui davanzali e sul terrazzino una crosta di neve ghiacciata alta tre centimetri. Di muoversi in Vespa non se ne parla. Nel tardo pomeriggio ha ripreso a nevischiare e per raggiungere la piazza progettata da Piacentini mi sono deciso a usare l'automobile. Erano mesi che il vecchio Maggiolino non usciva dalla sua tana, il box di piazza Sarzano dove invecchia con la dignità di una rockstar passata di moda.

L'architetto devoto alla chiesa e alla 'ndrangheta è entrato verso le quattro e mezza ed è uscito tre ore dopo. Quei due devono avere un mucchio di cose da raccontarsi. Il freddo si fa sempre più intenso. Ho parcheggiato in un punto della piazza dal quale vedo bene il portone e sono rimasto in auto con il riscaldamento a manetta. A intervalli di un'ora abbasso il finestrino e accendo la pipa.

Il tempo sembra non passare mai. Sono le nove meno un quarto e ho la sensazione d'essere qui da un'eternità. Non posso leggere perché basterebbe un attimo di distrazione per perderlo. Per fortuna mi sono provvisto di una raccolta di CD e ora sto ascoltando le sonate per violino di Händel, che il freddo e la noia mi spingono ad accompagnare con ampi gesti delle mani, improvvisandomi direttore d'orchestra. Un passante che mi scivola accanto mi guarda come se fossi matto.

Finalmente, alle nove e dodici minuti, quando Händel e le sue delizie barocche hanno lasciato il posto alla struggente melodia del concerto per violino di Felix Mendelssohn-Bartholdy, sulla soglia compare la figura imponente di Giovanni Coiro. Si guarda intorno con aria circospetta, come se presentisse una minaccia, solleva il bavero del loden e si calca il cappello a tesa larga sulla testa, quindi si avvia deciso verso la galleria che immette in via Brigata Liguria. Suppongo che imboccherà via XX Settembre per raggiungere a piedi la sua abitazione.

Stacco la chiave dal cruscotto e il violino di colpo si ammutolisce. Scendo dall'auto, chiudo a chiave e comincio a seguirlo a distanza.

Nella città deserta posso riconoscere le impronte lasciate dalle sue suole rinforzate nella neve.

Non mi sbagliavo. Svolta in via Venti e procede a passo

sostenuto fino a via Porta d'Archi per raggiungere la salita dell'antico seminario che da anni ospita la più importante biblioteca della città. Mi riparo a ridosso del chiosco dei giornali, dove solitamente mi rifornisco dei DVD con gli sceneggiati televisivi degli anni Sessanta rigorosamente in bianco e nero, quelli che hanno fatto conoscere agli italiani i romanzi della letteratura europea, dai *Miserabili* ai *Fratelli Karamazov*, da *David Copperfield* alle inchieste del commissario Maigret.

Se Lou lo sapesse mi taccerebbe di coltivare la nostalgia come un bubbone maligno. E non avrebbe tutti i torti, perché intanto non perdo occasione per lanciare un'occhiata malinconica alle vetrine su cui un tempo svettavano le insegne della Ricordi, il negozio dove fin da ragazzo acquistavo i dischi di musica classica, ora inglobato dal megastore Feltrinelli. Neanche a dirlo, ci hanno aperto una banca.

Osservo il corpulento Coiro avviarsi lungo la rampa e il suo modo di camminare mi toglie ogni dubbio. Arranca ondeggiando leggermente, quasi claudicante. Anche se ha addosso trent'anni e trenta chili di più, il passo è rimasto lo stesso di allora. Il giovane che affiancava la ragazza dai capelli rossi era lui.

So che il mio cliente non apprezzerà, ma devo giocare il tutto per tutto.

Mi precipito di corsa su per la salita, facendo attenzione a non sdrucciolare sulla neve ghiacciata, e lo scalpiccio dei miei passi rimbomba propagandosi nell'aria della notte. Ci separa una decina di metri quando lui si volta e, nella semioscurità, la sua faccia è una maschera di terrore. Ansima per la fatica e dalla bocca socchiusa un leggero vapore fumiga nell'aria, finché mi giunge netta la sensazione che mi abbia riconosciuto. Mi lancia un'occhiata stupita, non dice una parola, ma la sua mastodontica figura sembra rilassarsi in un'espressione di sollievo.

«Gianni Coiro, vero?»

Aggrotta le sopracciglia e risponde impostando la voce: «Sono io. Cosa vuole da me?».

«Ma come, non ricordi? Ci siamo incontrati alla fiaccolata dei carruggi. Ero insieme a Cesare Almansi...»

Cerca di guadagnare tempo, la faccia sempre più truce.

«Non la conosco, temo abbia sbagliato persona.»

«Ci siamo rivisti dopo tanti anni», ammicco in tono conciliante. «Ma quella notte di festa non la scorderò mai.»

«Quale notte?»

«Ero appena uscito di galera. Tu, Cesare e io ci eravamo dati appuntamento al bar Lino in piazza Alimonda. Noi due abbiamo scolato un Negroni, poi con l'Audi del padre di Cesare siamo andati allo Schooner di Nervi e da lì siamo finiti al Covo di Nord Est.»

Finge di sforzarsi di ricordare, ma intanto ha dismesso il cipiglio diffidente e ingrugnito e ha cominciato a stare al gioco.

«Ma sì», ammette. «Mi sembra di rammentare qualcosa. Il fatto è che a quel tempo nottate così ne facevo tre alla settimana. E dovevamo aver bevuto come spugne...»

«...e tirato uno spinello dopo l'altro.»

Finché, tanto bugiarda quanto inevitabile, arriva la domanda che stavo aspettando.

«Qual è il tuo nome?»

«Bacci», rispondo con un sorriso. «Bacci Pagano.»

«Tu saresti... Pagano il detective?»

«Non mi facevo così famoso.»

«Parlavano di te sul giornale, camminavi al fianco di Almansi alla manifestazione.»

«È stato la sera in cui ci siamo incontrati a Porta dei Vacca.»

Si decide ad allungare la mano perché gliela stringa.

«Piacere. Sono un vecchio amico di Cesare.»

«Lo so.»

«Te l'ha detto lui?»

«Oh, no. Anzi, ha fatto il possibile perché non arrivassi a te.»

Stira un sorriso forzato e prova a fare il simpatico.

«Tu non ti facevi così famoso, e io non mi facevo così interessante.»

Lancio un'occhiata all'orologio.

«Sono le nove e mezza e non ho ancora cenato. Dobbiamo continuare a parlare qui, in mezzo alla neve?»

Sembra indeciso sul da farsi. Forse parlare con me potrebbe chiarirgli qualche dubbio e tornargli utile, ma ha troppa paura per spingersi a invitarmi a casa sua.

Allora provo a giocare d'anticipo.

«A quest'ora e con questo tempo non ci sono molte possibilità. Che ne diresti di un ristorante esotico?»

Indugia ancora un attimo, poi risponde: «Perché no? Anch'io devo cenare. Conosci il sushi di vico San Matteo?».

«Ci sono stato qualche volta. È ottimo.»

Ci avviamo verso piazza De Ferrari, come due buoni, vecchi amici, le mani infilate nelle tasche quasi dovessimo nascondere qualcosa, calpestando la neve che sta gelando e scricchiola sotto le scarpe e fingendo di ignorare che il nostro non è stato un incontro fortuito ma l'esito di un lungo lavoro di pedinamento. Immagino che solo la curiosità di sapere quello che so lo spinga a venire a cena con uno sconosciuto. E già pregusto un succulento banchetto a base di sushi e sashimi che assomiglia a un *tête à tête* col morto, con la terza seggiola vuota, quella su cui avrebbe dovuto posare il culo il nostro amico Cesare Almansi.

Attraversiamo piazza De Ferrari deserta, foderata da un sottile manto nevoso sul quale le luci artificiali riverberano un riflesso azzurrino che ispira un vago senso di irrealtà. Il Palazzo Ducale e la grande fontana centrale sembrano accampati sul telone di un cinema e neanche i fiotti d'acqua lanciati verso l'alto bastano a rompere il silenzio e l'immobilità della scena. Anch'io mi sento immerso in un film senza capo né coda, una pellicola montata da un regista tanto ubriaco da avere perduto il filo della storia che voleva raccontare.

Quattro taxi allineati sul lato di via Petrarca aspettano qualche improbabile cliente, con gli autisti acquattati nell'abitacolo come animali in letargo.

All'improvviso Coiro si ferma e si soffia rumorosamente il naso. Un'impennata d'orgoglio, o forse un residuo senso del grottesco, lo induce a scoprire la prima carta, quella più scontata. Ripone il fazzoletto, sul quale sono ricamate le sue iniziali, mi scruta di traverso con il suo faccione glabro di bambino bulimico e infelice e azzarda: «Posso farti una domanda?».

«Prego.»

«Da quanto tempo mi stavi pedinando?»

«Quattro giorni.»

«C'è voluta la neve», sorride. «Lavoro di pazienza, il tuo.»

«Come il pescatore.»

Infila le mani nelle tasche del loden e riprende a camminare.

«O il cacciatore?»

Mi domando se non si sia messo in testa che gli do la caccia da trentatré anni, quasi fossi un detective di quei thriller americani che fanno impazzire i paranoici in erba di tutto il mondo.

«I cacciatori inseguono le prede per ammazzarle.»

«E tu?»

«Io mi accontento di cercare la verità.»

«E che te ne fai della verità, una volta che l'hai trovata?»

«La consegno in busta chiusa al mio cliente.»

«Vuoi dire che te ne disinteressi?»

«Voglio dire che il mio è un lavoro e non una missione.»

«Allora non sei come *lui*...»

«Temo di no», confermo stringendomi nelle spalle. «Come lui era mio padre...»

«Tuo padre?»

«Era comunista, ha fatto il partigiano e credeva nella giustizia.»

«Tu non ci credi?»

Continuare il minuetto sarebbe stucchevole. Allora sparo: «Se ci credessi ti avrei già preso per il collo, Coiro».

Su queste parole, che esplodono come una bomba e rompono finalmente l'incantesimo surreale della piazza, si conclude la nostra passeggiata nella neve.

Abbiamo raggiunto il ristorante. Coiro spalanca la porta a vetri e, dopo avere lanciato un'occhiata alla sala interna immersa in una penombra satura di gentilezza e discrezione tutte orientali, sorride alla giovane cinese che ci viene incontro e si limita a commentare: «È esattamente quello che ha fatto *lui*, trentatré anni fa».

17.
LO SPAVENTAPASSERI

«Lo so.»

«Te l'ha detto *lui*?»

«Chi altri poteva dirmelo? Faccio l'investigatore privato, non l'indovino.»

Dopo essere andati in bagno ora siamo seduti uno di fronte all'altro, in attesa che ci servano le due barche di sushi e sashimi che abbiamo ordinato. Ho sistemato sul tavolo la pipa, il tabacco e un minuscolo accendino. Coiro mi ha invitato a scegliere il vino e ho proposto un Traminer del Tirolo che lui ha approvato con entusiasmo.

Riempie i calici e, mentre centellina i primi sorsi, scuote la testa e gli scappa un mezzo sorriso storto.

«Certo che sei un tipo strano, Pagano.»

«Me lo dicono tutti.»

«Ti sei fatto... quanti anni di galera?»

«Cinque. A Novara, in un carcere di massima sicurezza.»

«Per terrorismo.»

«Non sono mai stato un terrorista. Quando mi hanno condannato credevo nella democrazia.»

«Ora non ci credi più?»

«Non può esserci democrazia senza lotta di classe, e allora credevo anche nella lotta di classe.»

«E adesso?»

«La storia ha dato ragione a quelli che sostenevano

che era tutta una nostra invenzione. Noi la predicavamo, loro l'hanno fatta sul serio e l'hanno vinta.»

Torna a sorridere con aria di sufficienza, da uomo che conosce la vita e ha imparato a tenersi lontano da certe malattie giovanili.

«*Les Trente Glorieuses* di cui vanno fieri i francesi», attacca usando un tono leggero come il sushi, niente di più confacente all'atmosfera ovattata del ristorante. «I gloriosi trent'anni che hanno seguito la seconda guerra mondiale. Ne avrai sentito parlare.»

«Ho fatto di meglio, li ho vissuti. Ricordo ancora il primo frigorifero e la Seicento acquistati da mio padre con le cambiali all'inizio degli anni Sessanta.»

Annuisce compiaciuto e quasi stupito del fatto che abbiamo respirato la stessa aria e attraversato la stessa acqua del fiume della storia, come se non fossimo coetanei e non provenissimo entrambi dai piani bassi, quelli occupati da chi viaggiava in terza classe e mangiava carne una volta alla settimana.

«Ebbene», prosegue, «quei tempi sono finiti. La caduta del Muro ha seppellito sogni, illusioni e conflitti. Solo un donchisciotte come *lui* può continuare a combattere.»

«In questi trent'anni quel donchisciotte ha fatto carte false per pararti il culo. Al tuo posto ne parlerei con maggiore rispetto.»

«Un assegno di centomila euro mi sembra un attestato di gratitudine più che sostanzioso. Soprattutto se consideri che sono quindici anni che non mi rivolge la parola.»

«Almansi ha i suoi principi e tu gli hai chiesto di farne carta straccia. Sapevi quanto ti volesse bene e hai cercato di approfittarne tirando la corda fino a spezzarla.»

«Vedo che sei bene informato.»

«Questo è niente, Coiro. Su di te so molte più cose di quanto immagini.»

«Per esempio, che quella maledetta notte la ragazza è uscita dal Covo con me?»

«La *ragazza* aveva un nome, si chiamava Adele.»

Socchiude le palpebre e trae un profondo respiro, quasi un rantolo che gli freme in gola come un lamento.

«Credi che l'abbia dimenticato?» Fa una pausa e aggiunge: «La conoscevi bene, vero?».

«Come hai saputo che vi ho visti uscire insieme?»

«Me l'ha detto Cesare.»

«So anche che sei ritornato a casa in treno e che per provare la tua innocenza gli hai mostrato il biglietto.»

«Vero.»

«Peccato che quel biglietto non provasse un accidenti. Ci voleva tutto il suo desiderio di crederti per prenderlo sul serio.»

«So anche questo.»

«Il mio amico Pertusiello, capo della sezione omicidi, ti avrebbe riso in faccia.»

«Lo immagino», replica annuendo. «Ma tu resti un tipo strano.»

«Cosa vuoi dire?»

«Affermi di non credere nella giustizia e poi te la fai con i questurini.»

«Qualche volta collaboriamo, più spesso ci facciamo concorrenza.»

Di colpo cambia tono ed espressione. Il primo si fa duro, tagliente, e la seconda allude a un'indignazione che odora di sceneggiata lontano un miglio.

«Per quale ragione hai detto che indaghi solo per lavoro e non ti curi delle conseguenze di quello che scopri?»

«Perché è così.»

«Volevi forse farmi intendere che saresti disposto a non denunciarmi?»

«Anch'io ho i miei principi. Non denuncio nessuno prima di averlo conosciuto ed essermi fatto un'idea.»

«Ti contraddici, hai appena detto di sapere tutto di me.»

«So quello che hai fatto, ma non ancora chi sei davvero.»

«Ho fatto quello che fanno tutti, ho cercato di non affogare.»

«Hai ammazzato una ragazza di ventidue anni.»

Scuote la testa e si sporge all'indietro, lasciando che la giovane cinese deponga sul tavolo le barche di legno su cui sono distesi i filetti di pesce crudo. La cameriera fa un leggero inchino, sorride e ci augura buon appetito.

Si sistema il tovagliolo sulla cravatta a pois e appena restiamo soli replica: «Ti sbagli, non ho ucciso nessuno. Se mi conoscessi come mi conosce Cesare... non sono un assassino».

Rivolgo la mia attenzione alla barca. Con le bacchette afferro una striscia di salmone agglomerata con il riso e la porto alla bocca. Prendo a masticarla con calma, gustandone il sapore salmastro. È squisita. Ingoiato il primo boccone, bevo un sorso di vino e poso il bicchiere.

Coiro sembra completamente assorbito dal cibo. Tiene il grugno proteso sulla barca e negli occhi gli sfrigola un'ingorda bramosia, quasi il calco fossile di una fame atavica malcelata sotto abiti troppo eleganti, adipe in eccesso e largizioni elettorali tanto vistose quanto sospette.

«Dunque è stato Cesare a informarti che vi avevo visti.»

Annuisce, la bocca ingolfata da un boccone eccessivo anche per la sua voracità.

«Quando?»

Esita e non risponde, continuando a biascicare.

«Non vi parlate da anni. Quando te l'avrebbe detto?»

«Forse la mattina successiva, quando è venuto a casa mia per chiedere spiegazioni...»

«Balle. Quella mattina avevate ben altro di cui discutere. Sono pronto a scommettere che, invece, è stato in tempi molto più recenti.»

«Come hai appena detto, non ci sentiamo da anni...»

«Diciamo due, tre settimane fa.»

Mi guarda con l'aria smarrita, simulando una confusione fasulla come l'indignazione di poco fa.

Le parole mi escono stridule, cariche di tutta la rabbia che ho in corpo, un rigurgito acido che sale dallo stomaco e finirà per guastare il delicato sapore del pesce servito dalla gentile signorina con gli occhi a mandorla.

«Te lo ha detto al telefono. Una notte in cui lo hai chiamato per intimargli di ritirarsi dalla corsa, minacciandolo di morte. E tu non saresti un assassino?»

Il suo faccione imberbe avvampa, anche se non può immaginare che non è con lui che ce l'ho.

Dopotutto potrebbe avere ragione, in questi anni ha fatto il possibile per non affogare. Dopo avere ammazzato una povera ragazza che non aveva colpe se non quella di essere ingenua, gelosa e innamorata, la sua vita deve essere diventata un inferno. Forse senza quel rimorso non si sarebbe neppure venduto l'anima, trasformandosi nell'imprenditore privo di scrupoli per il quale i vincoli paesaggistici sono criteri astratti e la sicurezza un lusso che i poveracci non possono permettersi.

È con Almansi che sono furibondo. Mi ha preso in giro fin dal principio, trattandomi come un idiota.

Mi ha cercato dopo trent'anni per indagare su un mistero inesistente al solo scopo di tenere lontano Coiro dalla sua fottuta campagna elettorale. Ha mentito a entrambi, lasciando credere a lui che io conoscessi Adele e li avessi visti uscire insieme e nascondendo a me l'imbroglio che covava sotto questo incarico fasullo.

Lou ha ragione, il mio vecchio compagno di scuola mi ha usato come uno spaventapasseri.

Ora capisco perché dopo l'incontro con Coiro alla fiaccolata le telefonate sono cessate. E mi spiego come mai, dopo essermi stato attaccato come una patella per tutto il tragitto della manifestazione, d'un tratto è sparito tra la folla. Il suo scopo era che Coiro mi vedesse al suo fianco, testimone inconsapevole di una situazione torbida rimasta sepolta per oltre un quarto di secolo.

Chi meglio di me poteva tenere le cornacchie lontane dal raccolto? Il prezioso raccolto che più gli sta a cuore, migliaia e migliaia di voti di cittadini che credono nei miracoli e ripongono le loro speranze nelle mani pulite dell'avvocato senza macchia e senza paura.

Coiro deve essersi accorto che qualcosa ha portato la mia mente lontano. Infatti ha avuto tutto il tempo per recuperare il suo aplomb e rispondere con apparente levità.

«Lavori troppo di fantasia, amico mio. Cesare avrebbe fatto meglio a lasciare da parte i sentimentalismi e sceglersi un detective con i piedi per terra.»

«Se fosse capace di farlo tu saresti in galera.»

«Non ho nulla da rimproverarmi. Nel mio lavoro ho commesso alcuni errori, ma li ho pagati cari e senza sconti. E non parlo dei soldi che ho dovuto sborsare – quelli vanno e vengono – ma del fatto che ho perduto il mio migliore amico.»

«Lui è convinto che la tua sia stata solo leggerezza.»

Mi lancia un'occhiata interessata, appena offuscata da un'ombra di diffidenza.

«Davvero?»

«Davvero.»

«Non sai quanto mi conforta quello che dici...»

«Crede fermamente che tu non abbia niente a che fare con le minacce di morte.»

«Infatti, il primo a riferirmene è stato l'architetto De Paoli. E, se non sbaglio, De Paoli l'ha appreso da te.»

Se non sbaglio. Che faccia di merda!

«L'architetto ti racconta tutto, eh?»

«Non tutto, solo quello che gli torna comodo.»

«Ora che non hai più Cesare, è diventato il tuo amico del cuore?»

«Neanche per idea. De Paoli è un pasticcione che finisce sempre col mettersi nei guai.»

«Con gli uomini della 'ndrangheta?»

«È un cattolico praticante, legato a doppio filo all'Opus Dei, ma riuscirebbe a fare casini anche con il demonio.»

«Ti ha raccontato che l'ho beccato mentre rassicurava la donna di Morabito sul fatto che qualcuno aveva la carta vincente per convincere Almansi a non presentare il suo progetto di legge?»

«No», risponde prima che finisca la frase.

«Quel *qualcuno* non sei forse tu?»

Finge di non avere sentito.

«Quale progetto di legge?»

«Un dispositivo che garantirebbe la tracciabilità dei materiali di bonifica e dei rifiuti.»

«E chi è Morabito?»

Ora sta clamorosamente bluffando, se ne accorgerebbe anche un bambino.

«Davvero vuoi sapere chi è Morabito?»

Annuisce con la bocca piena. Mangia con una tale avidità che in pochi minuti ha ripulito la sua barca lasciando sulla tolda solo qualche foglia di insalata.

«L'uomo della 'ndrangheta che vi tiene tutti e due per le palle.»

«Io costruisco case e restauro edifici d'epoca, cosa c'entro con lo smaltimento dei rifiuti?»

«Proviamo a fare un'ipotesi.»

«Un'altra delle tue fantasie?»

«Minacciare Almansi è stato un azzardo, avrebbe potuto far riaprire le indagini sull'omicidio Semeria.»

«Infatti la tua teoria non sta in piedi.»

«Invece sì, perché se lo avesse fatto si sarebbe giocato l'elezione. Che avrebbero pensato gli elettori di un candidato che per trent'anni ha protetto un presunto omicida?»

«E io cos'avevo da guadagnarci? Un'accusa di omicidio?»

Mi scappa un sorriso amaro come il filetto di pesce che ho appena inghiottito.

«Hai usato le sue stesse parole. Proprio qui sta l'inghippo, ci dev'essere qualcosa di peggio di un'imputazione per omicidio, qualcosa che non lascia scampo.»

«E sarebbe?»

«Ma come? De Paoli non te l'ha detto? Ne ho avuto un piccolo saggio sulla mia pelle.»

«Non so di cosa stai parlando.»

Gli indico le labbra mezzo tumefatte.

«Ne porto ancora il segno. Gli uomini di Morabito non vanno per il sottile.»

«Che roba è?»

«Come vuoi, Coiro. Ora ripeto a te quello che ho già detto al tuo amico Cesare. Domattina chiamerò il commissario Pertusiello e gli chiederò di riaprire le indagini sull'omicidio di Adele Semeria. Sono pronto a testimoniare che quella notte ti ho visto uscire con lei dal Covo di Nord Est. Vorrà dire che Almansi si giocherà il seggio, ma quella povera ragazza avrà finalmente una chance che venga trovato il suo assassino. E non illuderti che avvertire i sicari di Morabito migliori la tua posizione. Ho parlato con un ispettore della omicidi che sa tutto e aspetta solo di riferire al suo capo.»

Afferro il calice e lo svuoto, faccio schioccare la lingua e aggiungo: «Sei nella merda, Coiro».

Nonostante la robusta mangiata e il vino bevuto, che gli avevano tinto di rosa le gote di bambino ingordo e paffuto, ora mi osserva con gli occhi sbarrati e il volto è diventato grigio, quasi spento. Tenta di buttarla sul sarcasmo.

«È così che tuteli i tuoi clienti, Pagano?»

«Devo scegliere il male minore.»

«Sacrificandoli sull'altare della giustizia in cui dici di non credere?»

«Se fossi stato attento alle mie parole, avresti afferrato

che prima di denunciare qualcuno devo conoscerlo. Ora ti ho conosciuto e so cosa fare.»

«La polizia si chiederà perché hai aspettato trentatré anni.»

«Potranno accertarlo facilmente, due giorni dopo sono partito per Cuba senza sapere niente di quanto era successo.»

«Almansi non ti ha telefonato?»

«Dopo quella notte non ci siamo più sentiti, fino a quindici giorni fa.»

«E prima di partire non hai letto i giornali?»

«Ne avevo letti troppi quando ero in carcere.»

«Sarai ritornato, no?»

«Dopo tre anni di vagabondaggio per il mondo. Quando di Adele Semeria si erano dimenticati tutti, o quasi.»

«Ma tu non la conoscevi? Possibile che tu non l'abbia più cercata?»

«Nella vita ci si perde, Coiro. Non ho cercato lei, come non ho cercato il suo fidanzato.»

Mi guarda dritto negli occhi e risponde con un tono di sufficienza, velato di disprezzo e derisione.

«Si può sapere cosa vuoi, Pagano? Non sarai così ingenuo da aspettarti una confessione. Quand'anche riaprissero le indagini, cosa credi che ne ricaverebbero? Si sono lambiccati il cervello per anni senza venire a capo di nulla. Non troverebbero una sola prova a mio carico e, come sai, non sono io che devo dimostrare la mia innocenza...»

«...ma loro la tua colpevolezza. L'hai sentito in qualche telefilm?»

«E poi», prosegue, recuperando una inaspettata baldanza, «non si uccide senza un movente.»

«Adele era bella.»

«Sai anche che non c'è stato alcun tentativo di violenza, e la ragazza...»

«Si chiamava Adele.»

«...Adele era la fidanzata del mio migliore amico, perché avrei dovuto ucciderla?»

«Perché sei l'ultima persona con cui è stata vista viva.»

Esplode in una risata tanto enfatica quanto artefatta, teatrale.

«E questo ti sembra un movente?»

«È un dato di fatto, e piuttosto pesante. Quanto al movente, vuoi sapere cosa penso?»

«Non sto nella pelle.»

«Continui a parlare di Almansi come del tuo più grande amico, ma forse neanche tu sai cosa provi davvero per lui.»

«Senti senti. Oltre che investigatore sei anche psicologo?»

«Cesare non ha mai voluto riconoscerlo, ma tu lo hai sempre odiato.»

«Odiarlo?» ribatte con un sorriso senza luce. «Ma se l'ho sempre visto come una specie di eroe, un modello...»

«...un modello *irraggiungibile*. Perché è nato sotto una stella assai più fulgida della tua. Perciò per anni hai continuato a metterlo alla prova, chiedendogli di difenderti in cause indifendibili e di colludere con le tue malefatte. Volevi scoprire se per lui eri più importante tu o la sua cazzo di integrità.»

«Tu sei pazzo.»

«Il ricatto delle telefonate è stato l'ultimo tentativo che hai messo in atto per *corromperlo*. Volevi dimostrare – a lui e a te stesso – che la sua verginità politica era un bluff. E i centomila euro che hai versato sul suo fondo elettorale avevano il solo scopo di metterlo in conflitto con sé stesso.»

«E queste panzane costituirebbero il movente di un omicidio?» ribatte con strafottenza. «Attieniti ai fatti.»

«Quali fatti?»

«Quando è stata uccisa, Adele passeggiava sul ciglio

della strada, è evidente che dopo avermi lasciato a Santa Margherita si è incontrata con qualcuno.»

«Qualcuno *chi*?»

«E io che ne so? Forse un amico, un conoscente che l'aveva accompagnata e magari l'aspettava da qualche parte.»

«Era una persona schiva, riservata e... tragicamente sola.»

«E come diavolo avrei fatto a convincere una ragazza *schiva* e *riservata* a cambiare strada?»

«Proviamo a lavorare d'immaginazione.»

«È la cosa che ti riesce meglio.»

«Quella notte il tuo amico ti ha chiesto di accompagnarla a casa e tu, che nutrivi per lui una sorta di soggezione, lo hai accontentato.»

«Questo lo sa anche lui.»

«Era confusa e imbarazzata. Quel posto non le piaceva e probabilmente si era già pentita di avere dubitato della fedeltà del suo Cesare.»

«Complimenti, non fa una piega.»

«Siete saliti sulla sua automobile e vi siete avviati verso Genova. Tu eri ubriaco e avevi fumato abbastanza da non essere perfettamente in bolla.»

«Ero in bolla quanto te. Quella notte anche tu ci hai dato dentro.»

«Vero, verissimo. Solo che io sono rimasto lì e non ho accompagnato nessuno. Arrivati a Ruta qualcosa deve essere scattato nella tua mente alterata. Lei era una ragazza attraente e ti sei chiesto se non avesse voglia di fare uno strappo alla regola, un colpo di testa per restituirti il favore di avere abbandonato la festa sul più bello.»

«Non nego di averci pensato. Per trovare il coraggio di entrare in quella bolgia aveva bevuto anche lei qualche bicchiere, e non era abituata all'alcol.»

«Magnifico. E come potevi convincerla a infrattarvi su una strada buia e deserta come quella per San Rocco?»

«Già, come potevo se nel frattempo ha cambiato idea e mi ha mollato davanti alla stazione di Santa Margherita?»

«Qui la tua versione comincia a scricchiolare. Lei aveva uno spirito da crocerossina. Non avrebbe mai fatto una cosa simile al miglior amico dell'uomo che amava. Se davvero avesse voluto ritornare da sola, ti avrebbe riportato al Covo.»

«Non ti seguo più.»

«Invece ha guidato fino a Ruta e tu le hai accennato qualcosa a proposito del suo ragazzo e di un'altra donna, stuzzicando la sua gelosia.»

«Rimetti i piedi in terra, detective. Con questi colpi di genio non andrai da nessuna parte.»

«Tu sapevi quanto fosse insicura e possessiva. Le hai proposto di fare due passi su quella strada deserta con la promessa di svelarle un segreto. Eri certo che con quello stratagemma ti avrebbe seguito dovunque. Quando ha fermato la macchina sei stato un vero signore. Non le sei saltato addosso, come magari avevi voglia di fare – del resto eri giovane, aitante e parecchio su di giri –, sei sceso con lei e avete cominciato a passeggiare fianco a fianco, chiacchierando come due buoni amici. Ti sei inventato una balla e hai raccontato che Cesare la tradiva con qualche nuova fiamma, o magari le hai parlato di Katia, alla quale lui era rimasto legato, allo scopo di farla incazzare e spingerla a vendicarsi.»

Resta in silenzio e mi osserva come se fossi un insetto insignificante. Senza ripugnanza, ma con una freddezza che mi tiene a una distanza siderale.

«Forse ci sei anche riuscito, a renderla furiosa con Cesare, ma non è bastato. Al tuo primo, timido approccio ti ha mandato al diavolo. Chi credevi di essere, stronzo? Come hai potuto immaginare che una come *lei*, innamorata di uno come *lui*, accettasse di farsi mettere le mani addosso da uno come *te*? Come hai potuto pensare di occupare il posto che era di Cesare Almansi?»

Si sforza di restare calmo, anche se il suo faccione si è infiammato fino a diventare quasi violaceo.

«Tu cerchi di provocarmi», ringhia, «ma non caverai un ragno dal buco.»

«Il resto lo sai. Immagino che tu abbia letto i giornali. In questi giorni li ho studiati con attenzione e riportano fedelmente il contenuto dei rapporti di polizia.»

«Se dicessi il contrario non sarei credibile», ammette con un sorriso che alla luce soffusa del locale appare ancora più livido.

«Allora avrai letto che per gli inquirenti si è trattato di un raptus, un scoppio di collera incontrollato. Nessuna premeditazione. Tant'è che agli atti è riportato un particolare che il pubblico ministero ha giudicato inequivocabile. L'assassino, dopo avere colpito Adele, ha fatto qualcosa che ora non ricordo, un'azione che rivela che si è subito pentito del suo gesto...»

Lascio la frase in sospeso, in attesa.

«...ha scagliato la pietra contro l'asfalto», scandisce forte e chiaro.

E per me è più che sufficiente.

Termino il mio sushi, assaporo l'ultimo bicchiere di Traminer e quando lui in tono accorato ripete: «Non è andata così, Pagano. Non sono stato io a uccidere Adele Semeria», mi limito a rispondere: «Spero per il mio cliente che tu dica la verità, anche se sono convinto del contrario. In ogni caso, non voglio debiti con te. La cena la pago io».

Coiro è esattamente come me lo ero immaginato. Uno sfigato, un perdente. E mio nonno Baciccia mi ripeteva che per i perdenti non c'è una terza possibilità, o sono onesti o sono fessi.

Non può sapere, il fesso, che il detective è un mestiere da bastardi. E che il piccolo accendino sistemato sul tavolo, vicino al tabacco e alla pipa, contiene un microregistratore tanto sensibile da captare una conversazione sottovoce a dieci metri di distanza.

18.

MAL DI PANCIA

Stamattina mi sono svegliato con la carogna che mi attorciglia le budella. Cammino per casa come un leone in gabbia. Sono combattuto tra il desiderio di chiamare Lou e raccontarle tutto e un torpore malmostoso che confonde le idee e smorza sul nascere ogni iniziativa. Colpa del mix tossico di deontologia professionale, senso dell'amicizia e passione politica alla canna del gas che, nonostante tutto, continua a procurarmi dipendenza come una droga pesante.

Avrei in mano la prova che chiude tutti i giochi, quella che nel poker si chiama scala reale. In un colpo solo potrei fare arrestare l'assassino di Adele Semeria e mandare in culo la carriera politica dell'avvocato Almansi.

Non è forse quello che si meritano, lui e il suo amico Gianni Coiro?

Fuori occhieggia il sole e sul mare il vento ha stirato le nuvole fino a sfilacciarle come strofinacci frusti. Le osservo dal terrazzino sorseggiando il caffè mentre lo stereo manda una musica che non tocca nessuna corda e non smuove nessuna emozione.

Voli di gabbiani in amore si inseguono sospinti dalla tramontana e tracciano nell'azzurro bizzarri scarabocchi. Lanciano grida stridule che rimbalzano sui muri del Palazzo del Vescovo e mi arrivano come richiami goffi e disperati. Eppure non fanno che adempiere il ciclo della vita. Mi dico che, per fare il suo corso, la natura non si fa scrupolo di servirsi del dolore e del bisogno e che, in fondo, la mia condizione non è così diversa da quella di un gabbiano reale. La sola differenza è che lui si libra nell'aria e io striscio per terra come un ratto.

Finché il telefono di casa prende a squillare imperioso, reclamando la mia presenza nel mondo.

«Bacci Pagano, pronto?»

«Te la dormi, eh?»

Finalmente, la voce roca di Lou. Il concerto per pianoforte K.537, il penultimo del grande Volfango Amadeo, torna a farmi battere il cuore.

«Sono sveglio dalle sette.»

«E allora cosa aspetti ad accendere il cellulare? Per chiamarti ho dovuto consultare l'elenco telefonico.»

«È quello che facevamo tutti, fino a pochi anni fa.»

«Non ti smentisci mai: non sai che a camminare voltati all'indietro si finisce per andare a sbattere?»

«In vita mia le facciate più clamorose le ho prese quando guardavo avanti.»

Un breve silenzio, un risolino e poi a bruciapelo: «Ti sono mancata?».

«Sì, anche quando non c'eri.»

La sua risata erompe come un fiotto d'acqua gelata e me la fa sentire vicina fino a procurarmi un brivido. Poi cambia registro e vira su un tono asciutto, quasi grave.

«Ho bisogno di parlarti.»

«Alla buon'ora.»

«Possiamo incontrarci?»

«Quella impegnata sei tu», rispondo. «Quando?»

«Se è possibile, subito.»

«Hai parlato con *lui*?»

Con raccapriccio mi accorgo che mi esprimo come Giovanni Coiro.

«A dire il vero è lui che ha chiesto di parlare con me.»

«Per dirti cosa?»

«Non lo so ancora. Abbiamo appuntamento all'ora di pranzo.»

«E vuoi vedere prima me?»

«Sì.»

«D'accordo», acconsento. «Dove?»

L'ho detto con il mal di pancia, impelagato come sono nel dilemma tra desiderio e paturnie.

«Hai visto che bella giornata?»

«Sì, questa mattina i gabbiani sembrano impazziti, sul mare è un tripudio di schiamazzi.»

«Appunto. Vediamoci sul mare. Il rumore delle onde mi mette di buonumore.»

«Non sembri averne bisogno...»

«Tu sì, però.»

Se ne è accorta anche lei. Decidiamo di vederci sulla spiaggia di Boccadasse, alle undici.

Indossa i soliti jeans e il piumino nero aperto sul petto. Si è truccata con cura e dal collo pende una vistosa collana colorata che le conferisce un'aria sbarazzina. Ci accovacciamo sui ciottoli della spiaggia quasi deserta dove, oltre a noi, ci sono solo alcune giovani madri venute a cercare la primavera con i loro bambini di pochi mesi. Il sole abbaglia la vista senza scaldare la pelle e nell'aria si avverte ancora il fiato gelido della neve.

Ci guardiamo senza parlare, come due ragazzini che hanno marinato la scuola, e non saprei dire se sia più forte l'imbarazzo o la diffidenza. Abbiamo preso posto a pochi metri dal mare – appena pettinato dal vento di tramontana – che lambisce il greto con un borbottio sommesso, uno sciaguattare dal ritmo incostante che mi ricorda i singhiozzi di un bambino che piange. Eppure la luce erompe con l'impeto di una fanfara, riempie l'aria ed esalta i colori delle case e occhieggia sulla superficie dell'acqua in un tripudio di scintille che nascono e muoiono nel tempo di un respiro.

Dopo un po' Lou si decide a rompere il silenzio e un sorriso le sfugge dalle labbra.

«Che c'è?» domanda.

«Potrei chiederti la stessa cosa.»

«Cosa volevi dire con quella battuta?»

«Quale battuta?»

«Ti sono mancata anche quando non c'ero. Che significa?»

«Lascia perdere...»

«Eh, no! Prenditi almeno la responsabilità di quello che dici.»

«*Almeno*? Di che altro dovrei prendermi la responsabilità?»

«Intendi che non sono capace di stare in una relazione?»

«Diciamo che nell'arte della fuga sei meglio di Bach.»

«Cioè non penso ai bisogni degli altri?»

«Su quelli degli altri non mi pronuncio. Ai miei, no di sicuro.»

«Cosa vorresti, che ti risarcissi delle coccole che non ti ha fatto tua madre?»

«Ora sei tu che guardi indietro. Coccole e tenerezza non sono appannaggio del passato.»

«Io sono fatta così.»

«Anch'io, ed è tardi per cambiare, anche se lo volessi.»

«Se non ti vado bene, possiamo non vederci più.»

«Sei stata tu a cercarmi.»

«Cosa hai detto ad Almansi di *noi due*?»

«Niente. Neanche una parola.»

«È vero che hai deciso di rinunciare all'incarico per me?»

«Ti ha detto questo?»

«Sì.»

«Nient'altro?»

«Ha confermato la tua versione dei fatti: quella maledetta notte al Covo eravate in tre.»

«Quattro», la correggo con un sorriso che, a giudicare da come avvampa, deve risultare feroce.

«Ti stai inventando tutto per fare il figo», replica forzando un tono algido, impassibile.

«Te l'ha detto lui o lo pensi davvero?»

Sta per ribattere, ma non gliene lascio il tempo.

«Se lo pensassi non mi avresti telefonato e non saresti qui.»

«Però non mi hai ancora risposto.»

«Non so cosa intendi, ma non ho affatto rinunciato all'incarico. Ho scoperto da chi vengono le telefonate notturne e credo di avere capito che cosa le muova, anche se non ho ancora perfezionato i dettagli.»

«Ma in tutto questo che c'entro io?»

«La verità non può essere tagliata e servita a fette come una patéca, a seconda delle convenienze. Se è questo che il tuo boss vuole da me, allora rinuncerò.»

Spinge il viso in avanti e si morde il labbro inferiore. Una luce cattiva le accende lo sguardo, e il mare e il cielo non perdono occasione di riflettere nei suoi occhi la loro crudele bellezza.

«Tu e lui siete uguali. Giocolieri delle parole, abili a confezionare discorsi per non dire un cazzo. Ho capito che in questa storia c'è di mezzo l'omicidio di mia sorella e, se vuoi saperlo, di tutto il resto non mi importa un accidente. Potete ficcarvela nel culo la vostra ragion di stato, che vi fa sentire così importanti e innocenti da custodire segreti che sanguinano nella carne viva delle persone che dite di amare. Quanto può contare la morte di una ragazza di ventidue anni di fronte all'eroica impresa di conquistare un seggio al senato? Hai mai pensato a quante vite sono in gioco nella partita dei rifiuti? Chissenefrega di quella sciroccata di Adele Semeria?»

Avverto il suo respiro affannoso, e forse anche il battito accelerato del suo cuore, non più in sintonia con il ritmo ovattato, rasserenante della risacca.

«Non è a me che devi dirlo. Più tardi vedrai il tuo capo, parlane con lui.»

«Troppo comodo, signor investigatore. Io *so* che tu *sai*. Invece che startene lì tutto abbottonato, perché non mi dici chi è quel bastardo che ha ucciso mia sorella?»

«Ieri sera», attacco, «ho fatto un passo decisivo nell'indagine. Ho scoperto qualcosa di cui neanche Almansi è al corrente. Non posso dirti niente prima di avere parlato con lui.»

«Ancora la vostra maledetta deontologia professionale. Psicoanalisti, avvocati e investigatori privati, siete tutti la stessa razza.»

«Meno male.»

«Meno male cosa?»

«Per una volta non mi hai messo nel calderone del "voi uomini".»

«Uomini e donne, non fa nessuna differenza. Anche mia madre, ogni volta che chiedevamo notizie delle persone che frequentavano lo studio, accampava la solfa del segreto professionale. Allora io e Adele lavoravamo di fantasia e ci inventavamo delle storie da romanzo. Per esempio, che un certo signore alto, con la barba e gli occhialini di metallo, avesse ucciso tutte le sue mogli e le avesse seppellite in giardino: lo chiamavamo Landru. Oppure che una bella donna che indossava vestiti succinti e riempiva la sala d'attesa con un profumo così aggressivo da ristagnare nell'aria fino alla sera, si fosse trombata tutti gli uomini della città e ora non sapesse più come soddisfare le proprie voglie.»

«E come l'avete chiamata, la Mantide?»

«Messalina.» Torna a sorridere, un sorriso amaro e quasi sinistro. «E avevamo decretato che quella fosse stata la prima amante di nostro padre.»

«Comunque», dico cercando di addolcire il tono e di essere convincente, «non è il segreto professionale che mi frena.»

«Ah, no? Allora ha ragione Almansi quando sostiene che ti fidi troppo di te stesso.»

«Almansi dovrebbe avere il pudore di tacere. Quando mi ha ingaggiato in realtà sapeva già tutto.»

«Anche chi ha ucciso Adele?»

Devo dirle la verità? *Lo ha sempre saputo, ma non ha mai voluto ammetterlo.*

«No», rispondo, «non credo.»

«Non credi o sei sicuro?»

«Sono sicuro del fatto che mi ha usato. Avevi ragione tu, mi ha buttato nel mezzo della campagna elettorale facendomi credere che c'era qualcosa da scoprire e invece gli servivo solo come spauracchio...»

Ride e porta una mano sulla bocca.

«Lo spaventapasseri?»

«Sì.»

«E allora perché non molli tutto?»

«Perché gli spaventapasseri fanno paura senza saperlo. E io voglio scoprire perché mi hanno piantato lì in mezzo.»

Rimango in silenzio, poi aggiungo: «Ma forse c'è un'altra ragione».

Lou mi scruta senza perdere una parola. La curiosità ha preso il sopravvento sulla rabbia.

«Cesare e io», proseguo, «in fondo ci assomigliamo. Almeno fino a un certo punto. Una parte della sua storia e della sua vita sono anche le mie. Abbiamo combattuto le stesse battaglie e abbiamo perso la stessa guerra. Mi ostino a pensare che, se ha fatto tutto questo, deve esserci una buona ragione. E siccome non l'ho ancora trovata, prima di mollarlo devo parlare con lui.»

«E se la buona ragione fosse quella che ho appena detto?»

«Il seggio di Palazzo Madama?»

«Non fraintendermi, lo conosco abbastanza da non nutrire disprezzo nei suoi confronti. Non avrei accettato di lavorare per lui se non fossi convinta che crede in quello che dice. È un idealista, ed è profondamente onesto. Ha accettato la candidatura perché difendere uno a uno i suoi clienti sfigati aggrappandosi ai cavilli del diritto è diventato sempre più difficile – e i clienti sempre più numerosi e la sfiga sempre più grande – e spera in un nuovo parlamento che promulghi leggi diverse da quelle attuali.»

«Dunque non è vero che è prigioniero del passato.»

Un leggero rossore le imporpora il viso e per nasconderlo china il capo e distoglie lo sguardo.

«Siamo tutti prigionieri del passato.»

Nelle sue parole risuona una nota dolente, quasi un senso di irreparabilità che non lascia adito a nessuna speranza. Non mi sono sbagliato, sotto l'ansia di futuro – che non perde occasione di sbandierare a colpi di sarcasmo e citazioni letterarie – cova uno scacco, il clamoroso fallimento del tentativo di fare pace con il passato. Che sia la nostra boriosa, scadente retorica sessantottesca o la morte violenta della sorella, l'inaffidabilità di un padre troppo preso da sé stesso per pensare alle figlie o la latitanza d'una madre preoccupata di non far mancare loro nulla, fuorché quello che riservava gelosamente ai propri pazienti, il passato per lei resta un nemico da combattere e un incubo da esorcizzare.

Anche in questo assomiglia a mia madre.

«Parla con Cesare», dico lanciando un'occhiata al filo dell'orizzonte, dove un nugolo di gabbiani sta facendo festa su un bollo di acciughe. «E, se vuoi, richiamami. Ma non sentirti obbligata a farlo. Piuttosto, digli che dobbiamo vederci perché ho grosse novità da riferirgli.»

«Roba tra uomini, eh?» replica stizzita.

«Voglio chiudere questa storia una volta per tutte.»

Mi guarda di traverso e, quando replica, il tono si è fatto cattivo.

«Vuoi sapere quando è stata l'ultima volta che ho sentito queste parole?»

Annuisco e intanto controllo l'orologio. Le dodici e venti.

«Non preoccuparti», mi punzecchia. «Siamo d'accordo che chiama lui e non lo farà prima dell'una. Stamattina è al summit della coalizione.»

Resto in attesa e intanto mi guardo la punta delle scarpe. Dietro di noi un bambino ha attaccato a piangere, inconsolabile.

«È stato otto anni fa. Indovina chi le ha pronunciate?»

Scuoto la testa e torno a guardare il mare.

«Il sostituto procuratore Alessandri, davanti a mia madre, a me e all'avvocato che l'aveva appena accusato di non avere fatto niente per trovare l'assassino di Adele. Lui si è sentito punto sul vivo e sbuffando ha risposto così: "Voglio chiudere questo caso una volta per tutte". Hai capito, lo stronzo?»

Ripenso alla conversazione con Levrero e non posso che darle ragione. Ma non posso dimenticare che il sagace collaboratore di Pertusiello aveva in testa un'idea precisa, e i fatti gli hanno dato ragione.

Gli inquirenti avrebbero dovuto indagare più a fondo sull'uomo che Lou – e io con lei – considera *un idealista*, un individuo *profondamente onesto*, talmente prigioniero del passato da confondere i desideri con la realtà.

19.
PASSATO O FUTURO?

La telefonata di Almansi arriva intorno alle due del pomeriggio, mentre sto sgranocchiando una striscia di focaccia e bevendo una birra con lo sguardo che accarezza la superficie del mare, lucida come uno specchio di madreperla.

La spiaggia di Boccadasse si è riempita di gente. Lou mi ha lasciato da dieci minuti per ubbidire alla chiamata del suo capo, salutandomi con una voce e uno sguardo che esprimevano a un tempo rammarico e la ferma convinzione che nella vita ricorrono circostanze che non consentono defezioni.

Fosse stato altrettanto tempestivo nel fornirmi le informazioni giuste, il tono della mia risposta suonerebbe del tutto diverso.

«Pronto, Bacci? Sono Cesare.»

«Non mi aspettavo di sentirti così presto.»

«Sei tu che non mi hai richiamato.»

«Non avevo niente da dirti.»

«Lou è ancora lì?»

«Sta venendo da te. Lou è un bravo soldato che ubbidisce agli ordini del suo generale.»

«Posso sapere che cosa le hai detto?»

«No.»

Una brevissima pausa dove si consuma una piccola, insignificante vittoria della ragionevolezza sul pathos.

«Mi ha riferito che hai scoperto qualcosa di importante.»

«Lo so, quando l'hai chiamata eravamo insieme.»

«Sulla spiaggia di Boccadasse?»

«È quello che ti ha detto, no?»

«Quali sarebbero queste novità?»

«Eh no, Cesare», replico tracannando un sorso di Ceres. «Se ti piace giocare a carte scoperte, dovevi farlo da subito.»

«Non avevo scelta.»

«Allora parla con lei e fammi sapere quando e dove possiamo incontrarci.»

«Siamo agli sgoccioli della campagna elettorale, ho un'agenda fitta di impegni che non mi dà respiro.»

«Io respiro benissimo. Il salmastro favorisce la ventilazione dei polmoni.»

Altra pausa, che questa volta segna un punto a favore del pathos sulla ragionevolezza.

«Non voglio lasciare in sospeso una faccenda così delicata. Stasera, prima dell'incontro con le associazioni dei commercianti?»

«Dove si terrà?»

«In via Lomellini.»

A due passi dal Carmine e dalla trattoria dell'amica di Lou, la benedizione dei single.

«Dovrai mangiare qualcosa, no?»

«Non ci crederai, ma in un mese ho perso quasi dieci chili.»

«Allora ci vediamo alle otto in piazza del Carmine. Il tempo di ragguagliarti e di gustare un piatto di squisiti testaroli al pesto.»

«No», replica secco. «Mi manca il tempo, alle otto sarò ancora a Quarto, al circolo della Castagna.»

«Allora fai una proposta.»

«Vediamoci alle otto e mezza da Cavo. Il posto è tranquillo e si può parlare con calma.»

«Come vuoi.»

Ci ritroviamo seduti allo stesso tavolo dell'altra volta. Il locale stava per chiudere e il proprietario ci ha concesso mezz'ora giusto perché il mio accompagnatore si chiama Cesare Almansi. Ordiniamo tramezzini farciti, una Ceres per me e per lui acqua minerale e caffè.

Focaccia a pranzo e per cena un tramezzino. Se fosse così tutti i giorni, con il mio metabolismo, in un mese di chili ne perderei una ventina.

«Allora», domanda dopo essere andato in bagno. «Quali sarebbero queste scoperte decisive?»

«Hai parlato con Lou?»

Mi guarda storto e risponde con aria visibilmente scocciata.

«Che fai, giochi a rimpiattino con me?»

«Faccio quello che hai fatto tu, fin da principio.»

«Ti ho spiegato che non avevo altra scelta.»

«Cesare, non hai *spiegato* un cazzo. Anzi, ora che so che mi hai ingaggiato come un utile idiota per tenere a bada il tuo amico assassino, sto seriamente pensando di non andare a votare.»

«Ancora con questa storia? Coiro non è un assassino.»

«Oh sì, invece.»

Dalla tasca del giaccone estraggo un CD dove ho copiato la conversazione registrata ieri sera nel ristorante di vico San Matteo.

«Qui c'è la prova che ha ucciso.»

Mi guarda sbigottito e nei suoi occhi scuri, magnetici, transita un'ombra che non è diffidenza né collera né incredulità. È puro *dolore.*

«Spiegami», farfuglia a mezza voce, e più che un invito la sua è un'implorazione, una supplica.

«Ieri abbiamo cenato insieme...»

«Tu e Gianni?»

«...sì, una cena molto più invitante della nostra di stasera, a base di pesce crudo e un eccellente Traminer del

Tirolo. È un autentico gourmet e anche nelle proporzioni si accompagnerebbe a meraviglia con il mio amico Totò Pertusiello, commissario capo della sezione omicidi.» Una pausa e aggiungo: «Non è detto che presto non succeda, in un ufficio della questura».

«Cosa contiene il CD?»

«Una confessione in piena regola, per quanto involontaria ed estorta con l'inganno. Coiro in fondo è un ingenuo e non sa che gli investigatori privati sono di gran lunga meno affidabili degli avvocati, specie quando questi ultimi tengono la ragione in ostaggio dei sentimenti.»

«Cosa avrebbe confessato?»

«Hai uno stereo in casa? Ascolta questa conversazione e tutto ti diventerà chiaro. Devi solo conoscere un piccolo particolare – piccolo ma risolutivo – che mi è stato riferito da un ispettore della squadra mobile che ha lavorato alle indagini sull'omicidio Semeria.»

Dopo che gli ho raccontato della scoperta effettuata dal malinconico Levrero mi osserva imbambolato, quasi in trance, e ho la sensazione che abbia ascoltato senza vedermi.

«Ha scagliato il sasso per terra», ripete infine come un automa.

«Questo dettaglio è sfuggito agli inquirenti e alla polizia scientifica, che non lo ha ritenuto degno di menzione. Non compare in nessun atto, in nessun rapporto e nessun giornale ne ha mai accennato.»

Si sforza di tornare sulla terra e con voce spenta balbetta: «E Gianni Coiro...».

«Me l'ha riferito candidamente. Non poteva saperlo in altro modo. Quella notte lui era là.»

«Sei... sicuro?»

«Sì, sono sicuro.»

Il proprietario si affaccia con un vassoio contenente la nostra misera cena e lo posa sul tavolo. Lancia un'occhiata ad Almansi e, allarmato dal suo pallore, domanda: «Avvocato, sta bene?».

«Non è niente», replica lui pronto, gli occhi fissi sulle dita intrecciate come se pregasse. «È solo un po' di stanchezza.»

L'uomo mi rivolge uno sguardo preoccupato, al quale rispondo tranquillizzandolo con un cenno del capo e invitandolo a lasciarci soli.

«Dio mio, è terribile», sillaba Almansi, quasi parlando con sé stesso.

Forse si riferisce al crimine compiuto dal suo amico, ma ho piuttosto l'impressione che stia pensando al fatto che per trentatré anni gli ha dato credito. Lui non è come me, lui crede nella giustizia e non può perdonarsi il fatto di avere protetto un assassino.

«Ma... *perché?*»

«Ascolta il CD. Credo che la mia spiegazione corrisponda grosso modo alla dinamica di quello che è successo. Ciò che mi stupisce è che tu non abbia mai voluto guardare in fondo a questa presunta *grande* amicizia. Gianni Coiro non avrebbe ucciso Adele se davvero ti avesse voluto bene. Solo un esasperato sentimento di odio e rivalità verso di te poteva spingerlo a compiere un gesto simile. L'hashish e l'alcol danno alla testa, ma non sono la pozione che trasforma Jekyll in Mr Hyde. Ha ucciso perché rifiutandolo lei lo ha umiliato. Ma, dall'idea che mi sono fatto di Adele, non era il tipo che avrebbe mai trattato qualcuno con disprezzo, neanche di fronte a una proposta indecente. L'umiliazione deve averla sentita lui nel confronto con te.»

«Sì, è possibile...»

«Solo questo può spiegare il fatto che sia arrivato a ricattarti. Ma non credo di insegnarti niente che tu non sappia già.»

«Anche questo è possibile.»

Finalmente ha ammesso di avere sempre saputo da quale parte arrivassero le minacce.

«Bene», replico duro. «Ora vuoi spiegarmi perché, dopo trentatré anni, mi hai cercato per affidarmi un incarico fasullo?»

«Era il solo modo che avevo per fermarlo ed evitare che facesse altre sciocchezze.»

«Potevi raggiungere lo scopo anche raccontandomi tutto, senza prendermi per il culo.»

Nasconde il volto nelle mani, lo stesso gesto dell'ultimo nostro incontro, e scuote il capo.

«Volevo proteggerti.»

«Così come volevi proteggere Lou, negandole la verità sulla morte di sua sorella?»

«Sì, è così.»

«Cesare, non sta in piedi, trova una spiegazione migliore.»

«Eppure è la verità.»

«Proteggere da *chi*? Da Coiro? Ma se in questi trent'anni hai mentito con tutti per proteggere lui! Solo pochi giorni fa lo hai descritto come un innocuo pasticcione, un superficiale incapace di fare male a qualcuno.»

«Era quello che pensavo.»

«E dunque?»

Solleva lo sguardo e mi fissa cercando una comprensione che, forse, lui stesso dispera di trovare.

«Che avresti fatto se ti avessi detto la verità?»

«Mi sarei risparmiato la fatica di trovarla da solo.»

Scuote nuovamente il capo e incalza: «Ci conosciamo bene e so come sei fatto. Ti saresti messo a indagare su di *loro* e ci avresti lasciato la pelle».

«Su di *loro*?»

Inspira e attacca a parlare e mi aspetto che il suo sarà un discorso lungo, di quelli confezionati ad arte per convincere i giudici nelle aule di tribunale.

«Quando ho rotto con Gianni, in seguito all'incidente occorso alla bambina...»

«Non è stato un incidente. Si chiamano lesioni personali colpose.»

«...l'ho fatto perché ho capito che doveva trovarsi in un casino più grosso di lui. Quando si tira su un palazzo utilizzando sabbia di mare significa una cosa sola: che dietro il costruttore c'è un'impresa criminale.»

«Dopo avere conosciuto l'architetto De Paoli non avevo dubbi che Coiro fosse legato alla 'ndrangheta.»

«Aspetta», si affretta a dire spingendo il palmo delle mani verso di me. «Non trarre conclusioni avventate. È stato lui stesso a confessarmi che lo avevano coinvolto e costretto a costruire in quel modo. Aveva vinto la gara per quel complesso edilizio su cui la mafia aveva investito ingenti capitali e si è trovato a lavorare con imprese d'appalto legate alle 'ndrine. Lui voleva desistere, ma lo hanno minacciato di morte. È stato al gioco, ha lasciato che loro guadagnassero quello che volevano e questo gli ha consentito di tirarsene fuori.»

«Questa è stata la sua versione? Mi ricorda la faccenda del biglietto del treno...»

«Poi è accaduto quello che sai, la bambina ferita e tutto il resto, ma credo che sia stato sincero con me.»

Sento la rabbia ribollire nella pancia, e la vista del tramezzino, dal quale occhieggiano una foglia appassita di insalata e un lembo di prosciutto dal colore sospetto, contribuisce a farmi saltare i nervi.

«Sì», sbotto, «e da allora è diventato un imprenditore irreprensibile, immacolato come un giglio. Tanto che tre settimane fa ti ha telefonato nel cuore della notte ingiungendoti di ritirarti dalla corsa. Coiro sapeva benissimo che lo avresti riconosciuto. E tu sapevi altre due cose: che le minacce di morte erano un bluff e che lo scopo delle telefonate era un altro, quello di ricordarti che per trent'anni hai coperto un possibile assassino. Non è per questo che mi hai tirato in ballo, facendogli credere che conoscevo Adele e li avevo visti uscire insieme dal Covo di Nord Est?»

Stringe i pugni e alza la voce.

«Ma cosa può spingere un uomo a rischiare di essere denunciato per omicidio se non la disperazione?»

«Trattare con quella gente è pericoloso.»

«Dunque mi dai ragione...»

«Dunque non si è affatto liberato di loro, come vorrebbe far credere. Ti sei domandato perché abbia versato un contributo così esagerato, centomila euro?»

«Te l'ho detto, forse per farsi perdonare...»

«E ti sei chiesto da dove provengano quei soldi?»

Mi guarda interdetto, senza rispondere.

«Non ti è venuto in mente che con quella donazione Morabito voglia mettere la sua ipoteca sulla tua elezione?»

«Loro sanno che siamo amici di vecchia data», protesta, «e lo tengono sotto tiro. Ammazzare me sarebbe troppo rischioso, i martiri gli complicano la vita e procurano danni ai loro affari. La morte di Coiro getterebbe un'ombra sulla mia immagine. Figurati i titoli dei giornali: "Vecchio amico e sponsor finanziatore di Almansi vittima di un regolamento di conti mafioso". Quanti voti costerebbe alla coalizione?»

«Sai cosa ti dico? Dei voti della tua coalizione non me ne frega un cazzo.»

«Il mio progetto di legge diventerebbe carta straccia.»

«E pazienza, vorrà dire che a salvare il mondo ci penserà qualcun altro.»

«Possibile», ribatte con un'aria indignata che mi mette voglia di prenderlo a pugni, «che hai gettato alle ortiche il nostro passato?»

«Ti prego, Cesare, lascia perdere la solfa del passato! Piuttosto, hai parlato con Lou?»

«Certamente.»

«Le hai detto di Coiro?»

«Non vedo perché avrei dovuto, dal momento che nemmeno tu...»

Ora sono io ad alzare la voce.

«E quando conti di farlo, quando i voti della coalizione ti avranno portato a Palazzo Madama?»

«Sì.»

«Ti rendi conto che stai continuando a proteggere un assassino?»

«No, Bacci, è Lou che voglio proteggere.»

«Ma non farmi ridere! La sola cosa che ti preme è conquistare quel seggio.»

Compone una di quelle espressioni corrucciate che sono la sua specialità. Il memento che segnala al prossimo quanto la sua pazienza odori di santità e vanti un'aspirazione ecumenica. Almansi ascolta tutti, si sforza di comprendere le motivazioni di tutti, pensa al bene di tutti. Della sorella di una giovane massacrata a pietrate sul cranio e di chi ha inferto quei colpi e l'ha fatta franca.

«Non hai capito niente. Io sarò stato accecato dall'amicizia per Gianni, ma tu non fai il minimo sforzo per comprendere le mie ragioni.»

«Le tue ragioni puzzano schifosamente di calcolo politico.»

«Sei stato bravo a incastrarlo, te ne do atto. Mi hai aperto gli occhi su quella notte e puoi stare certo che andrò in procura e lo denuncerò producendo il tuo CD come prova. Ma non posso farlo adesso.»

«Non mi interessa se lo farai, né quando. È una questione che riguarda la tua coscienza ed esula dal mio incarico. Quello che voglio è che parli con Lou, o lo farò io.»

«Le dirò tutto, puoi stare tranquillo, ma dopo le elezioni. E non per il motivo che credi tu.»

«Perché allora?»

«Te l'ho detto: per proteggerla.»

Gli rido in faccia e faccio no con la testa, disgustato.

«Ascoltami, per favore, ascoltami.»

Nelle sue parole sento vibrare disperazione e un afflato di sincerità.

«Ricordi quello che ti ho detto nel nostro ultimo incontro? Nessuno – neanche i compagni più fidati dello staff – sa che Lou è la sorella di Adele. E nessuno deve saperlo. Né lei deve venire a conoscenza del fatto che Coiro ha assassinato sua sorella. La conosco bene, lei è come te, finirebbe per esporsi e questo non deve succedere. Fino al 25 febbraio, quando si sapranno i risultati del voto, Lou deve restare fuori da questa storia.»

«C'è dentro fino al collo. Quell'omicidio le ha segnato l'esistenza...»

«Lo so, ma è troppo pericoloso. Quando si accorgeranno che le pressioni di Coiro non sortiscono l'effetto sperato, per ricattarmi potrebbero rivolgere a lei le loro attenzioni.»

«Non sanno niente delle telefonate minatorie, né del disegno di Coiro per farti mollare.»

«Come fai a dirlo?»

«Ho ascoltato la conversazione tra De Paoli e la donna di Morabito, la sera in cui mi hanno fanno la festa.»

«De Paoli è un serpente e con lui di mezzo non mi sento sicuro di niente. Abbiamo fatto indagini sui suoi conti bancari e risulta evidente che è a libro paga delle cosche.»

«È anche a libro paga del tuo amico.»

«Il fatto che abbia ucciso Adele non fa di Coiro un mafioso.»

È strabiliante la protervia con cui si ostina a voler salvare qualcosa di questa amicizia. Anche dopo avere riconosciuto che Coiro nutre rivalità e odio verso di lui. Anche dopo avere saputo che ha ucciso la ragazza che amava.

Mi soffermo a riflettere, anche se il tempo è scivolato via rapido e ci resta una manciata di minuti. Ho l'impressione che, dopo il colpo ricevuto dalla mia rivelazione, per lui i giochi siano fatti e abbia preso le sue decisioni.

Ma c'è qualcosa che non posso tacergli e, dopo avere bevuto un sorso di birra, lo guardo fisso negli occhi e domando: «Quando ti deciderai a schiodarti dal passato?».

Il volto pallido e affilato si tinge d'una chiazza purpurea che potrebbe essere collera repressa, ma anche la vergogna che provano i bambini colti in fallo.

«Mi chiedo quale potrà essere il contributo che uno come te può dare alla politica. Chi resta così ostinatamente attaccato alle idee e alle persone del passato non va da nessuna parte. La vita è movimento. Il futuro richiede di essere voluto, creato, progettato. Costringe a lavorare di volontà e immaginazione. La nostalgia è un sentimento nobile, ma può anche diventare una malattia. Te lo dice uno che nella nostalgia ci ha sguazzato fino a perdere il gusto di vivere. Perché il passato non si può cambiare, Cesare. Il passato è stasi. E la stasi l'anticamera della morte.»

Sostiene il mio sguardo e si consente perfino di svuotare in un sorso la tazzina di caffè, mentre tutto il suo corpo è già proteso verso l'uscita.

«Sai una cosa, Bacci?» replica. «A forza di frequentarla, parli come Lou.»

«Non hai pensato che il 25 febbraio potrebbe essere tardi?»

«Tardi per cosa?»

«Per non perdere la faccia.»

«Ti riferisci agli elettori?»

«Chi se ne frega degli elettori», rispondo esasperato. «È a *lei* che sto pensando.»

Sulle labbra gli sboccia improvviso il sorriso, uno dei suoi sorrisi infantili, disarmanti, che non consentono replica.

«Io perderò la faccia», sussurra, «ma tu hai perso la testa, non è vero?»

Cerco di rabberciare un'espressione enigmatica, da sfinge un po' suonata, e rimango in silenzio.

«Lou mi capirà, ne sono sicuro.»

Si alza in piedi, afferra il mio CD e lo infila nella tasca del giubbotto, insieme alla incrollabile certezza di essere nel giusto.

«Non è stata una gran cena», ammette con una smorfia, «lascia che mi faccia perdonare pagando il conto.»

Questo è Cesare Almansi, e nessuno riuscirà mai a cambiarlo. Vincere è il suo destino, inscritto nella sua biografia e nel DNA della sua famiglia da generazioni. Non conosce la bruciante offesa della sconfitta. Quella è roba per gente come me e come Coiro.

Anch'io mi alzo e lancio un'occhiata ai due tramezzini che languiscono negletti nel piatto. E penso che il mio stomaco mi sarà grato. Per questa sera di bocconi indigesti ha già fatto il pieno.

20.
SENZA PROTEZIONE

La risata dell'uomo è un'esplosione di allegria appena un po' forzata. Echeggia nella cucina e si propaga nella sala vuota della trattoria.

«Lo senti?» domanda Lou sorridendo. «È Armando, il padrone.»

«La padrona non era Gianna?»

«Sono soci d'impresa al cinquanta e compagni di vita al cento per cento.»

«C'è ancora qualcuno capace di standard così elevati?»

«Non chiederlo a me», risponde divertita.

I suoi occhi conservano la luminosità che oggi le nuvole hanno rubato al cielo. Stamattina sul presto, quando sono andato in bagno, era limpido e azzurro come un'acquamarina e ora è attraversato da sciami di cumuli che scivolano rapidi verso il mare.

Per la prima volta la vedo rilassata e senza quell'aria di donna con un taxi sempre in attesa sotto casa, con la mente altrove e lo sguardo calamitato dallo stramaledetto smartphone.

È l'ultimo giorno della campagna elettorale. Nel tardo pomeriggio Almansi sarà sul palco in piazza Matteotti per il comizio conclusivo della coalizione. Una presenza quasi di circostanza, perché Maso ha suggerito di chiudere le attività di propaganda per l'avvocato dalle mani pulite con un giorno di anticipo. Una mossa astuta per marcare la differenza tra il candidato outsider e i notabili nominati dai partiti.

Questa notte abbiamo dormito insieme, a casa mia. Sono stato io a invitarla e ha accettato subito, anche se non ci sentivamo dal giorno del nostro incontro a Boccadasse.

Forse perché il tour de force è finito, o forse perché Cesare ha mantenuto la promessa e le ha assicurato che, a urne chiuse, denuncerà l'assassino di Adele, anche il suo modo di fare sesso non è stato quello di sempre. Sembrava non essere mai sazia e abbiamo giocato a lungo, fino a notte inoltrata, dimentichi del tempo degli orologi.

Ho avvertito un abbandono che trascendeva la ricerca del proprio piacere e un trasporto dove palpitava qualcosa di nuovo – la ricerca di una faticosa intimità e perfino rari slanci di tenerezza – e quando stavo per estrarre il preservativo mi ha fermato e ha detto: «No, facciamolo senza protezione». E, una volta finito, è rimasta vicino a me e non è corsa in bagno a lavarsi.

Questa notte ho sentito che per lei c'ero anch'io.

Ci siamo svegliati che erano quasi le due del pomeriggio. Mi ha proposto di venire a pranzo qui, nella *sua* trattoria.

«Per scaramanzia», ha detto. «Magari porta bene e Cesare vince.»

«Cesare vince sempre», ho risposto. «Te l'ho già detto, è il suo karma.»

È scoppiata a ridere e, inaspettatamente, mi ha accarezzato una guancia.

«Devi raderti, pungi.»

«Se mi rado facciamo tardi e chiudono la cucina.»

«Vuoi scommettere che se telefono ci aspettano?»

«Hai abbastanza coraggio da venire in Vespa? Guadagneremo un po' di tempo.»

«Purché tu possegga un casco integrale. Fa troppo freddo...»

«Ti presterò il casco integrale.»

Sdraiata sulla pancia mi ha lanciato un'occhiata storta e con un mezzo sorriso ha domandato: «E tu?».

«Io userò il mio.»

«Ma cosa hai capito? Qual è il tuo karma?»

«Dimmelo tu.»

Ci ha pensato qualche secondo, gli occhi puntati verso la parete a frugare tra i libri sistemati sui ripiani di ardesia dietro il letto.

«Nuotare controcorrente, come fanno i salmoni, per arrivare alla sorgente e...»

«...e morire.»

«Ma piantala! Se mai deporre le uova.»

Ora, seduti al tavolo vicino alla finestra, in attesa che Armando frigga due porzioni abbondanti di acciughe, riprende il discorso.

«Ieri mattina Cesare ha voluto vedermi nel suo studio. Ora so tutto.»

Per la seconda volta lo chiama con il suo nome di battesimo. In precedenza l'ho sempre sentita riferirsi a lui usando il cognome, Almansi, a rimarcare una distanza carica di significati. Nonostante fosse un amico di famiglia, restava il suo datore di lavoro, un uomo politico le cui idee non era tenuta a condividere fino in fondo. Si è sempre riservata la libertà di criticarlo, assicurandogli nel contempo la più completa dedizione e disponibilità professionale. A differenza dei suoi supporter che lo idealizzano, lei che da ragazzina lo aveva venerato si è limitata a offrirgli competenza ed efficienza nel suo ruolo di addetto stampa.

E dunque, cosa sarà successo?

«Sai tutto?» le faccio eco.

«Mi ha detto che sei stato grande, avevi un'idea e l'hai perseguita senza mollare l'osso fino a incastrare l'assassino con un trucco formidabile. Hai scoperto la verità in quindici giorni, quando gli inquirenti per vent'anni hanno girato a vuoto.»

«Ancora una parola e arrossisco. Non sono abituato a essere elogiato.»

«È tutto vero.»

«Non ti avrà detto anche il nome dell'omicida?»

«Sicuro che me l'ha detto.»

«Ero convinto che l'avrebbe tenuto segreto fino a lunedì.»

«Invece gliel'ho fatto sputare.»

«Sembri più serena, adesso.»

«Finalmente so chi ha ucciso mia sorella. Cesare ha fissato un appuntamento con il capo della procura per lunedì alle quindici. Appena le urne chiuderanno, ancora prima che cominci lo spoglio, lo denuncerà.»

Cesare. E tre.

«Che effetto ti ha fatto?»

«Sono... felice.»

In effetti, da ieri sera non ha avuto un solo scatto di rabbia.

«Non voleva parlartene perché sa come sei fatta e temeva che ti esponessi, mettendo a repentaglio la tua incolumità.»

«Me l'ha detto.»

«Non ti sei arrabbiata?»

Afferra il calice e trangugia un sorso di vino bianco, quindi sfila un minuscolo panino dal cesto e lo divora in un boccone. Nel suo modo di bere e mangiare colgo una bramosia, una smania che mi ricordano il suo modo di fare sesso. Avido e ingordo. Proprio come Coiro. E come me.

Mi dico che, a differenza di Cesare Almansi, noi apparteniamo alla razza di coloro che nella vita sono abituati a perdere. Lei ha perduto la sorella e, forse, il meglio della sua giovinezza. Coiro *per non affogare,* secondo le sue parole, ha dovuto vendere l'anima al diavolo. Quanto a me, la mia vita è tutta un colabrodo.

«Certo che mi sono arrabbiata», risponde decisa, anche se il tono si mantiene leggero, quasi allegro, e l'espressione del viso compone un broncio infantile che mi intenerisce. «L'ho anche mandato al diavolo. Gli ho gridato in faccia che, se l'avessi saputo prima, col cavolo che accettavo la responsabilità dell'ufficio stampa!»

«E che altro gli hai detto?»

«Che se non spiattellava subito il nome sarei andata in procura seduta stante.»

«Ti ha promesso di farlo lunedì. Perché tanta fretta?»

Con un gesto automatico agguanta un altro panino e lo addenta.

«Non si sa mai», risponde biascicando.

«Non ti fidi di lui?»

Scrolla le spalle e infila in bocca quello che è rimasto del pane.

Guardo le sue piccole mani, il primo contatto con lei nell'aria gelida della notte, ai trogoli di Santa Brigida. Erano fredde e morbide e da subito mi hanno suggerito l'idea d'una bambina senza età. Sono trascorse tre settimane e mi sembra di conoscerla da sempre.

«Non vuoi rispondere?»

«Non mi fido degli uomini.»

«Neanche di me?»

«Tu hai fatto una specie di miracolo e non dovrei dubitare...»

«...però...»

«...sei un uomo anche tu, e per giunta sei vincolato dalle regole del tuo incarico professionale.»

«Ti sbagli. La scoperta dell'assassino di tua sorella non rientrava nel mandato del mio incarico.»

Aggrotta le sopracciglia con un'enfasi che ha qualcosa di caricaturale. Solo ora mi accorgo che usa il viso come se fosse di gomma, comunicando senza parlare anche le più sottili sfumature dell'animo. Forse ha sbagliato mestiere e doveva fare l'attrice.

«Il mio compito era scoprire da chi venivano le minacce. Stop.»

«Cesare mi ha detto che l'hai scoperto subito.»

«Quasi subito.»

«E cosa ti ha spinto a indagare sull'omicidio di Adele?»

Qui finisce il suo piccolo, ingenuo bluff per strapparmi il nome dell'assassino.

Almansi le ha promesso che lo denuncerà ma non ha scucito una parola sulla sua identità, né sull'autore delle telefonate notturne.

Non le ha neppure detto che si tratta della stessa persona.

In quel momento veniamo interrotti dal giovane che ci ha accolto quando siamo arrivati. Alto e magro, capelli scuri, barba incolta e occhi vivaci, indossa una giacca bianca da cuoco. Saluta nuovamente Lou e ci porta una montagna di acciughe impanate, aperte e dorate, che mandano un profumo che in un attimo riempie la sala.

Ci serviamo con le mani direttamente dalla fiammenghilla, afferrandole per la coda. Croccanti al punto giusto, hanno un sapore che fanno dire a Lou: «Ecco un uomo di cui mi fido: Armando. Lo senti il gusto? Frigge in olio di oliva e lo cambia di frequente».

Confermo e alzo il calice, accennando un brindisi.

«A cosa brindiamo?» domanda.

«All'elezione di Cesare.»

«Ma sì, in fondo è il candidato più onesto e pulito che c'è sulla piazza.»

«E, quando mente, lo fa a fin di bene.»

Svuoto il bicchiere con rabbia e aggiungo: «O quanto meno è bravo a lasciarlo credere».

«Cosa vuoi dire?» chiede facendosi di colpo seria.

«Che non tutto torna.»

«Per esempio...?»

«Il fatto che ti abbia nascosto la verità per proteggerti.»

«Dopo quello che ti hanno fatto, non credi al pericolo dei sicari della 'ndrangheta?»

«Certo che ci credo. Ma *prima*?»

«*Prima* quando?»

«Perché non ti ha mai detto che tua sorella quella notte era al Covo di Nord Est?»

Sul suo viso aleggia un'ombra di confusione che spalanca le porte a un brusco cambio di umore. Leggo diffidenza nei suoi occhi, ma anche uno smarrimento che sconfina nella paura.

«Mi ha giurato che voleva proteggere te. Eri appena stato assolto dalla corte d'appello ed è stato suo padre a suggerirgli di tenere il segreto.»

Mi fissa come se fossi diventato un pericolo. Esita. Quindi si decide a domandare: «Non è così?».

Io so che non è così, ma non è questo che mi muove una rabbia profonda e un irrimediabile senso di futilità.

È la sua reazione alle mie parole.

Dopo avere accettato con entusiasmo la spiegazione sbilenca e lacunosa del suo boss come se si trattasse di una confessione risolutiva, capace di sciogliere ogni dubbio, adesso ha una paura fottuta di vederla crollare come un castello di carte.

Allora mi dico che tanto vale tirare una bicellata e cominciare a smontarlo, questo castello di sotterfugi.

«Sai una cosa, Lou?» sbotto posando una mano sulla sua.

La ritira come se si fosse scottata.

«Ma che fai, sei pazzo?»

«Hai bisogno di nasconderti?»

«Si può sapere cosa vuoi?»

«La verità.»

«Quale verità?»

Già, *quale* verità?

«Finiamola con i giochetti. Questa è una storia tragica del passato, e non merita di essere ridotta a commedia.»

Tutto il suo corpo si dispone in una postura di attacco.

Serra i pugni, si morde il labbro ed è di nuovo pronta a combattere.

«Con che coraggio vieni a dirlo a *me*?»

«Almansi non ti ha detto niente, o quasi. Non il nome dell'assassino, né quello di chi lo ha minacciato.»

Arrossisce fino all'attaccatura dei capelli, e l'imbarazzo le restituisce quell'aria di bambina che me la fa così visceralmente amare d'un amore doloroso e senza speranza.

«Non ti ha neppure svelato un particolare che non avrebbe scalfito alcun segreto: sono la stessa persona.»

«L'assassino di Adele e l'uomo delle telefonate?»

«Sì.»

«E tu... perché me lo dici?»

«Sono certo che manterrà la parola e lo denuncerà. Ma sappi che, se non lo facesse, lo farò io.»

I suoi occhi sono diventati lucidi e la morbida linea delle labbra si è spezzata, contratta in una smorfia che esprime sconcerto e timore. Quando dalla cucina sbuca un uomo grande e grosso che veste una maglietta blu e un paio di calzoni di fustagno e le punta addosso uno sguardo penetrante e ironico, si scuote e sfodera un sorriso che conferma la mia idea che sia portata per il palcoscenico.

«Buongiorno, Principessa», la apostrofa con un sorriso malizioso.

Scosta la sedia dal tavolo e si siede al nostro fianco.

«Ciao, Armando», replica pronta. «Lui è Bacci, un mio amico.»

L'uomo mi stringe la mano e si presenta ripetendo il proprio nome, quindi lancia un'occhiata accigliata alle acciughe.

«Mi avete fatto cucinare fino alle tre per lasciarle nel piatto?»

«Mi dispiace», si scusa lei, «ma eravamo impegnati in una discussione difficile.»

«Tanto difficile da togliervi l'appetito?»

«Purtroppo sì.»

«Mi dispiace», ribatte. E, rivolto a me, con aria complice: «Certo che, per tenervi lontani da queste acciughe, più che una discussione deve essere stato un duello all'ultimo sangue».

La sua risata, un rutilante gorgheggio pirotecnico, invade la stanza. Anche Lou ride e io mi accodo.

Quindi le si accosta e finge di bisbigliare nell'orecchio: «E dimmi, come sta il tuo amico senatore? È qualche tempo che non si fa vedere».

«La campagna elettorale non gli ha lasciato un minuto libero...»

«E questo è niente. Se andrà a Roma dovremo rassegnarci a fare a meno di lui.»

«Ce ne faremo una ragione», replica lei con finta leggerezza.

«Sai cosa ti dico?» insiste. «A me non dispiace più di tanto.»

«Neanche a me.»

«Oh, mi fa piacere sentirtelo dire, Principessa! Se devo essere sincero, non mi è mai stato simpatico. Troppo sicuro di sé, si vede che è cresciuto in un certo ambiente.»

Rovescia la mano e porta il braccio verso l'alto.

«Sono convinto che qui ci veniva solo per compiacenza.»

«Armando», replica lei seccata, «se qualche volta ti facessi i cazzi tuoi?»

«Hai ragione», risponde lui, fingendo di scusarsi. «Mi sono permesso perché Gianna mi ha detto che il signore è già venuto da noi e pensavo foste in confidenza...»

«Siamo in confidenza», conferma in tono più conciliante. «Stai tranquillo, non hai compromesso nessuno.»

«Ora scusate, ma devo sparecchiare. Il ragazzo mi ha lasciato solo...»

Si alza in piedi, raccoglie la fiammenghilla e, come è comparso, si dilegua in cucina.

«Armando», lo richiama. «Dobbiamo pagare.»

La voce dell'uomo arriva dal vano attiguo, seguita dalla solita risata.

«Andate fuori dalle scatole. Non accetterò mai soldi da chi disdegna le mie acciughe!»

Restiamo soli, in procinto di alzarci e uscire. Lou mi guarda senza parlare. Mi sforzo di sorridere.

«Sono gli inconvenienti delle trattorie *troppo* casalinghe.»

Scrolla le spalle.

«Non metterti strane idee in testa. Ad Armando piace provocare.»

Mi viene in mente che, quando ho proposto ad Almansi di incontrarci da Gianna, ha rifiutato senza farmi terminare la frase. E mi ha portato da Cavo, per una cena a base di birra e tramezzino.

«Passo dal comitato elettorale e poi vado al comizio in piazza Matteotti», mi dice sulla porta. Una fredda folata di vento ci investe e ci spinge a sollevare il bavero dei giacconi. «Vieni con me?»

«Non so neanche se andrò a votare», replico. «Ma è sulla via di casa, ti accompagno al comitato.»

Ci separiamo all'incrocio tra via San Luca e la Maddalena. Lou mi saluta con un leggero bacio sulla bocca e sussurra: «Grazie, Bacci. Di tutto».

Quando rimango solo, avviandomi verso casa, mi ritrovo oppresso da uno stato d'animo torbido e da una cupezza neghittosa che mi fa sentire un mezzo rifiuto umano. Mi domando se il trasporto di Lou nel fare l'amore non scaturisse da una motivazione diversa da quelle che avevo immaginato, una ragione che in un primo tempo mi era sfuggita.

Grazie, Bacci. Di tutto.

E se la sua fosse solo gratitudine?

21.
FESTA CON RIVELAZIONE E FINALE

Quando posteggio la Vespa di fronte all'osteria della Lanterna l'asfalto è ancora scuro di pioggia. È l'una passata e soffia una tramontana gelida che rende l'aria affilata come la lama di un rasoio.

Stasera sono stato a cena dalla mia amica Gina Aliprandi, anche lei compagna di liceo e anche lei avvocato, come Cesare Almansi. Solo che con Gina in questi trent'anni non ci siamo persi di vista e abbiamo condiviso qualche gioia e molti dolori. Ci sono andato con la speranza di uscire dal buco, fissando tre condizioni tassative che ha accettato senza fare una piega.

«Non una parola su Almansi né sulle elezioni, e televisore rigorosamente spento.»

«Se vuoi», ha risposto senza fare domande, «possiamo anche far luce con le candele e farci riscaldare da un bue e un asinello.»

Lo scrutinio del senato era iniziato alle tre del pomeriggio e, a dispetto di una legge elettorale astrusa come la cabala, ero certo che prima della mezzanotte il giovane Gandolfo avrebbe estrapolato i dati necessari per stabilire se il mio ex cliente fosse diventato senatore della repubblica.

In cucina e in tribunale Gina dà il meglio di sé. Ha preparato un cappon magro al quale non mancava nulla, seguendo i dettami del più sofisticato manuale di cucina genovese, le lezioni pratiche che le impartiva sua nonna quando era bambina. Una cima ripiena che non aveva niente da invidiare a quella che cucinava mia madre. E, come dessert, una panna cotta così tentatrice da indurmi a fare il bis e poi il ter.

Al vino ho provveduto io. Nell'enoteca di via Malta ho acquistato un Brunello Villa Banfi del 2004 che era una delizia e ho sbarazzato il frigorifero della bottiglia di champagne che avevo tenuto in fresco per Lou. Mi sono ben guardato dal raccontare a Gina quale fosse l'originaria destinazione di quella preziosa riserva della vedova Clicquot, non per delicatezza – il nostro è un rapporto cameratesco senza sesso né implicazioni sentimentali, tra la caserma e la nursery – ma perché non avevo nessuna voglia di avventurarmi in dispute crepuscolari sulle rose non colte e le occasioni andate perdute.

Abbiamo scambiato qualche battuta, lei ha alternato aneddoti sul suo lavoro a barzellette da angiporto e io ho ascoltato, rispondendo a monosillabi, tanto che alla fine mi ha scrutato con uno sguardo fitto di sottintesi, di quelli che solo un'amica che ti conosce da una vita può permettersi, e ha sentenziato: «Bacci, stasera mi sembri un po' giù di corda. Forse è meglio che usciamo a prendere aria».

Per dare verve alla serata abbiamo deciso di andare al cinema. Abbiamo scelto un film d'azione americano del quale non ricordo né il titolo né la trama e verso mezzanotte e mezza ci siamo ritrovati sotto i portici di via XX Settembre, in procinto di accomiatarci e tornare ciascuno a casa propria.

È stato allora che, quasi meccanicamente, ho acceso il cellulare che per tutto il giorno era rimasto spento, e ho visto lampeggiare una decina di messaggi, tra cui tre chiamate e tre SMS di Lou.

L'ultimo inviato alle ore 00.24 del 26/02/2013, pochi minuti prima.

Dove sei finito? Non farmi preoccupare. Per favore, chiamami.

Ho accompagnato Gina all'automobile e ci siamo congedati con un abbraccio e un bacio con lo schiocco e, dopo averle promesso che presto avrei ricambiato il favore con una cena a casa mia, l'ho guardata partire sgommando sull'asfalto bagnato.

Infine, vincendo una vocina interiore che mi diceva di non farlo, mi sono deciso e ho chiamato la bionda ossessione che il destino ha tenuto in serbo alla mia esistenza in zona Cesarini.

Sullo sfondo un rumore concitato di voci e qualcuno che cantava *Bella ciao* accompagnato da una chitarra.

«Si può sapere che ti prende? Ti dai alla macchia in una serata come questa?»

«Ero fuori a cena e sono andato al cinema. Cosa ha di speciale questa sera?»

Risponde più felice che contrariata: «Cesare ce l'ha fatta! Stiamo festeggiando qui alla Lanterna. C'è anche don Gallo. È molto affaticato, tra poco andrà a dormire, ma se ti dai una mossa riesci a salutarlo».

«Posso farlo domani, o dopodomani. Io e il don siamo buoni amici...»

«Sai cosa sei tu? Un borghese individualista, ecco quello che sei!»

«Per la precisione, un borghese individualista morto di sonno.»

«Hai letto i miei messaggi?»

«Soltanto l'ultimo.»

«D'accordo, stronzo, leggi anche gli altri e poi fa' quello che ti pare!»

Riattacca.

Faccio scorrere il display a ritroso.

Il messaggio precedente, inviato alle ore 23.28 del 25/02/2013: *Gandolfo non ha dubbi: Cesare ce l'ha fatta! Ti aspetto.*

Il primo, inviato nel pomeriggio, alle ore 15.08: *È co-*

minciato lo spoglio. Siamo alla resa dei conti. Vada come vada, stasera tutti alla Lanterna con don Gallo. Ti aspetto e, se vuoi, dopo andiamo da te. Baci

Raggiungo la Vespa, posteggiata vicino agli uffici centrali delle poste, infilo il casco e metto in moto. La vocina continua a dirmi che è meglio prendere per Carignano e tornare a casa.

Invece faccio come Pinocchio con il Grillo Parlante, la zittisco con una martellata rivestita di soffice ipocrisia – mi racconto che devo assolutamente verificare se Almansi è andato in procura come ha promesso – e raggiungo la circonvallazione a mare in direzione ponente, verso via Milano e l'osteria della Comunità di san Benedetto al Porto.

La Lanterna è una bolgia festosa. Ci sono due sale interamente occupate dai supporter dell'avvocato-senatore. Molti sono in piedi e fanno la spola tra una sala e l'altra. Il vino scorre a fiumi e i brindisi non si contano. Chi si abbraccia, chi canta accompagnandosi con la chitarra, molti ridono e qualcuno piange di gioia.

Almansi è seduto a capotavola, le guance arrossate e il sorriso trattenuto di chi è stato educato a simulare modestia e misura. Al suo fianco non vedo Katia e in una serata come questa la sua assenza mi stupisce. Prima di raggiungerlo ricevo l'abbraccio di Berto. Quest'ultimo deve essere stato informato dei risultati della mia indagine perché, appena mi ha visto, ha invitato tutti a farmi un applauso.

«Ecco l'uomo che, a muso duro e senza paura, ha permesso a Cesare di non arrendersi e di arrivare in fondo, fino alla vittoria. *Hasta siempre*, Bacci!»

Tutti battono le mani e intanto anche Carla Benzi, Gandolfo e perfino il consigliere regionale, l'azzimato Orengo, mi si fanno incontro per abbracciarmi.

La sola che non vedo è lei, la bionda Lou.

Maso è seduto accanto al boss e ha gli occhi arrossati,

forse per il vino o forse per la commozione. Almansi chiede una sedia e mi fa accomodare sull'angolo del tavolo, tra lui e il suo spin doctor.

«Bevi qualcosa?» domanda il neosenatore.

«No grazie, ero a cena da un'amica e ho bevuto abbastanza.»

Saluto Maso stringendogli affettuosamente un braccio.

«Che ti avevo detto?» mi apostrofa raggiante. «Ce l'abbiamo fatta.»

«E se alla camera dei deputati», si affretta ad aggiungere Almansi, «la coalizione otterrà la maggioranza relativa, potrebbe uscire un parlamento nuovo e il mio progetto diventare legge.»

«Sono contento», taglio corto. «Puoi concedermi cinque minuti? Devo parlarti in privato.»

«Non è necessario», risponde sfoderando il suo solito sorriso bambinesco. «I compagni dello staff sanno tutto.»

«Allo stesso modo in cui sapeva tutto Lou?»

Questa notte il boss vola troppo alto per farsi toccare dalle mie basse insinuazioni.

«Non potevo permettermi di tenerli fuori», spiega con olimpica tranquillità. «Hanno dato il sangue per la mia elezione e avevano diritto di sapere e valutare il da farsi. A questo punto le questioni private trascendono la mia persona e investono il mio ruolo.»

«È il destino degli Eletti», replico in tono ironico.

«Sabato abbiamo tenuto una riunione di staff alla quale ha partecipato anche Lou Suárez. Ho riferito nei dettagli tutta la storia, fin dal principio, chiedendo di decidere collegialmente quale linea adottare.»

«Hai fatto anche il nome di chi ti minacciava e quello dell'assassino?»

«Sì», risponde Maso, pronto a difendere il suo idolo. «Cesare ci ha anche spiegato perché in questi anni ha taciuto, e ci ha convinto.»

«Non avevo dubbi.»

«Oggi sono andato in procura a deporre. Con me c'erano Maso e un amico avvocato. Ho denunciato Gianni Coiro e ho consegnato al procuratore capo il tuo CD.»

«L'hai ascoltato?»

«Sì, la tua ricostruzione dei fatti mi sembra ineccepibile.»

«Dunque ora tutti sanno tutto.»

«Già.»

«Anche di Lou?»

Mi guarda di traverso, forse ha bevuto un bicchiere di troppo e non è abituato.

«In che senso?»

«Di Adele e di Lou.»

«Durante la riunione è stata lei a raccontare dell'omicidio.»

Nel suo tono avverto un velato rimprovero, quasi fossi stato io a costringerlo a fare tutto questo.

Maso al contrario mi parla con calore e senza lesinare attestazioni di gratitudine.

«Abbiamo deciso che questa vicenda andava affrontata subito pubblicamente. In politica gli scheletri nell'armadio sono bombe a orologeria, e prima o poi scoppiano. Giovedì mattina Cesare terrà una conferenza stampa e spiegherà ogni cosa. Dovrà tirare in ballo anche te. Ti dobbiamo molto, Bacci, il tuo lavoro è stato risolutivo ed è giusto che la gente lo sappia.»

«Gli elettori potrebbero non gradire», interviene Almansi. «Nella conferenza stampa dichiarerò di essere pronto a rimettere il mandato.»

«Bene.»

«Bene un corno», ribatte lui, e l'accento suona sincero e accorato. «Sono preoccupatissimo.»

«Gli elettori capiranno», lo rincuoro senza scaldarmi troppo. «A loro interessa più il futuro che il passato.»

«Non è questo. Sono preoccupato per Gianni.»

«Temi che gliela facciano pagare?»

«Temo per la sua vita.»

«Se fossi in te mi metterei il cuore in pace.»

I suoi irresistibili occhi scuri mi fissano con un'intensità che vorrebbe scalfire il mio scetticismo. Nelle sue parole vibra un empito di indignazione e lo sguardo sembra quello di un uomo oppresso dal dubbio e dal senso di colpa.

«Come puoi essere indifferente di fronte alla vita di un uomo? Il fatto che si sia macchiato di un omicidio non giustifica...»

«Ti sbagli», lo blocco. «La mia non è indifferenza. Sono sicuro che non lo toccheranno.»

«E come puoi dirlo?»

«L'impresa di Coiro ricicla i loro soldi. Perché dovrebbero privarsi di una risorsa così redditizia? Quella gente guarda al sodo, per loro gli affari sono più importanti delle ripicche.»

«Conosco bene Gianni, non può essere colluso con la 'ndrangheta.»

«Dicevi lo stesso per l'omicidio di Adele...»

«Si tratta di circostanze differenti... Allora eravamo giovani e stupidi.»

«Hai ragione, Cesare. E alcuni, come il sottoscritto, erano più stupidi di altri. Ma sono pronto a scommettere che i centomila euro che ti ha versato sono farina del diavolo.»

«Farina del diavolo?»

«Soldi sporchi per mettere il cappello sul tuo mandato.»

Continua a scuotere il capo, forte delle sue incrollabili certezze, sempre più edificanti e sempre più lontane dalla realtà.

Sto per dirgli che gli converrà prendere precauzioni e contromisure del caso, ma qualcosa mi frena. Forse non voglio fare l'uccello del malaugurio e guastargli la festa.

O forse mi sto domandando se a mia volta le ho prese, le contromisure del caso.

Mi guardo intorno e domando: «Katia non c'è?».

Abbassa lo sguardo, colto alla sprovvista.

«Katia è partita da quindici giorni per un viaggio. È in Patagonia.»

Non riesco a trattenermi e gli rido in faccia.

«Vuoi dire che non ti ha dato il suo voto?»

«Esatto», replica piccato. «Perché? Tu me l'hai dato?»

«Cesare, io e te non siamo sposati da trent'anni», ribatto con levità. «E comunque sì, te l'ho dato.»

«Davvero?» domanda incredulo.

«Domenica mattina alle otto ero al seggio. Sai come dicevano i vecchi compagni: manimàn mi succedesse qualcosa, il mio dovere l'ho fatto.»

La sua diffidenza si scioglie ed è come se all'improvviso gli tornassero alla mente il brutto tiro che mi ha giocato, le botte inflittemi dagli sgherri di Morabito e tutto quello che in queste settimane ho fatto per lui. Magari anche gli anni trascorsi insieme sui banchi del liceo Colombo, le occupazioni, le assemblee e le manifestazioni che hanno colorito la fulgida coreografia della nostra rivoluzione mancata. Avvampa di commozione – e forse anche un po' di vergogna –, si protende verso di me e mi abbraccia forte, a lungo. Ho perfino l'impressione che, mentre mi stringe, gli sfugga un singhiozzo.

«Dunque ci credi ancora», farfuglia. «Grazie, amico mio. E scusami, scusami per tutto.»

Lo spettacolo non passa inosservato e il vecchio Berto richiama l'attenzione generale e dà la stura a un fragoroso applauso, accompagnato da grida di incoraggiamento e qualche fischio, che riempie la sala per un tempo che a me sembra interminabile.

Quando ci stacchiamo e mi alzo in piedi mi accorgo che ad applaudire c'è anche lei. Indossa una maglia di lana a collo alto, una collana etnica multicolore e i soliti jeans. Ci ritroviamo fianco a fianco e quasi con stupore avverto che vederla mi fa sempre lo stesso effetto, mi riempie gli occhi e mi strappa la pelle di dosso.

«Dove eri finita?»

«Sarò libera di andare in bagno?» risponde con un sorriso. «Tu, piuttosto, con le tue paturnie non hai fatto in tempo a salutare don Gallo. Se n'è andato da dieci minuti.»

«Che ne diresti se ce ne andassimo anche noi?»

Una frazione di secondo, un battito di ciglia, un soffio d'aria gelida che agghiaccia l'anima.

Lancia un'occhiata ad Almansi e per un attimo i loro sguardi si incrociano e si parlano. E si dicono quello che, fuori tempo massimo, conferma i miei peggiori sospetti. E che forse ho sempre saputo, senza ammetterlo neanche con me stesso.

«Possiamo uscire un momento?» chiede Lou con aria di scusarsi. Il suo volto è lo specchio di un tumulto e di uno smarrimento interiori e tutto il corpo esprime una rigidità che non le avevo mai visto.

Sul marciapiede battuto dal vento mi parla con lo sguardo che sguscia da tutte le parti, come un uccellino spaventato.

«È stata una giornata faticosa», attacca. «Sono molto stanca. Ti dispiace se facciamo un'altra volta?» E si affretta ad aggiungere: «Domani, magari».

«No, Lou. Non recitare con me. Ho capito tutto.»

«Cosa hai capito?»

Con dolcezza le sollevo il mento e la fisso intensamente. Il volto si sforza di mantenersi impassibile, ma le lacrime scendono e non si arrestano, quelle non riesce a fermarle.

«Potevi dirlo subito.»

«No, non potevo, non dipende da me.»

«Non è vero. La tua vita ti appartiene e puoi farne quello che vuoi.»

«Mi dispiace, Bacci», replica sfregando gli zigomi con il dorso delle mani. «Lui c'era prima di te. Forse c'è sempre stato.»

Mi sforzo di sorridere, anche se mi verrebbe di urlare.

«Ora comprendo tante cose.»

Quei maledetti occhi, del colore d'un cielo dove non riuscirò mai a volare, incollati nei miei mi supplicano di parlare, anche se mai come adesso avverto che le parole servono solo a mentire.

«Tutti quei discorsi sul passato e il futuro...»

«Quali discorsi?»

«È *lui* che non ha il coraggio di lasciarsi alle spalle il passato. E il passato ha un nome, si chiama Katia, la donna che da trent'anni sta al suo fianco e gli ha dato due figli.»

«Lo so», ammette mordendosi le nocche della mano. «È prigioniero del passato.»

«Anche tu lo sei.»

Sussulta come se l'avessi scottata.

«Il mio passato, quello che fino a oggi mi ha impedito di vivere, porta il volto di mia sorella Adele.»

«Sì, Adele, l'altra donna che lo ha avuto tutto per sé.»

«Vuoi vendicarti?»

«Voglio solo dirti quello che ho imparato da questa storia. E sei stata tu a insegnarmelo.»

Il labbro ha un tremito e la voce risuona ancora più rauca, profonda, come oppressa da una mortale stanchezza.

«Io non ho da insegnare niente a nessuno.»

«Invece sì. Tu mi hai fatto capire che il futuro può essere altrettanto illusorio del passato, se ad alimentarlo sono la rabbia o la nostalgia. Non serve interrogarlo se non si fanno le domande giuste. Sai qual è la maledizione che impedisce al futuro di diventare presente, di farsi realtà d'ogni giorno e dare una casa ai nostri sogni?»

«Quale?»

«La ripetizione.»

«La maledetta ripetizione», sillaba inespressiva, quasi a suggellare la conclusione del discorso.

Mi chiedo se queste parole non siano destinate a echeggiare a lungo nella mia mente, quando l'uno per l'altra saremo diventati assenza, o fastidio, o rimpianto.

«Ora capisco perché l'altra notte, quando abbiamo fatto l'amore, eri così esaltata.»

Mi guarda senza parlare, da sotto in su, in attesa.

«Cesare ti aveva finalmente dato la *sua* spiegazione del silenzio di tanti anni.»

Continua a guardarmi.

«Ti ha detto che aveva taciuto per paura di perderti, non è vero?»

Non conferma né smentisce. Si limita a sbattere le ciglia, quando un colpo di vento le smuove i capelli coprendole il volto.

«Ma anche questo è passato. Non ci vedremo più, Lou.»

«Se è quello che vuoi», ribatte liberandosi il viso con la mano.

«Sì, è quello che voglio.»

Le accarezzo la guancia umida e faccio un passo indietro per staccarmi da lei. Il suo profumo di agrumi e mandorla mi avvolge come un cattivo presagio. Sta per dire qualcosa, poi si trattiene e mi saluta con un cenno del capo.

La guardo sparire dentro il locale, dal quale arrivano voci festose che cantano *La canzone del maggio* di Fabrizio De André, e mi avvio verso il vecchio PX.

Sulla via del ritorno, mentre guido nella città deserta battuta dalla tramontana, la mente è affollata da un turbinare di pensieri.

Mi domando se davvero Almansi riuscirà a vedere approvato il suo progetto di legge. Se Coiro finirà in galera o morto ammazzato, come teme il mio vecchio compagno di liceo. Se il suo legame con Morabito sia davvero quello che Cesare si ostina a immaginare – un imprenditore onesto perseguitato dalla mafia – o se la sua collusione con la malavita organizzata non sia piuttosto un solido patto col diavolo.

Ed è soprattutto a lei che penso. Dopo l'ultima volta che siamo stati insieme, e ripercorrendo un'infinità di segnali che ho captato in queste settimane – parole non dette, gesti lasciati in sospeso, sguardi intensi caduti nel vuoto –, mi riesce difficile credere che con me abbia cercato solo una rivalsa sul suo amante. Senza provare nulla, senza aspettarsi nient'altro che sesso.

Tutte domande a cui solo il tempo potrà dare risposta.

Ma è proprio questo che mi fa male. Da qualche giorno vivo come se il mio tempo fosse scaduto.

Un'intuizione, forse un presentimento. Come interrogare il futuro quando non c'è alcun futuro davanti?

All'altezza di Porta dei Vacca, proprio là dove dopo trentatré anni ho rivisto l'assassino della ragazza dai capelli rossi, un SUV grigio metallizzato mi affianca rombando. Il tempo di voltarmi e accorgermi che il vetro è abbassato e un braccio si protende fuori dal finestrino.

Un lampo di luce. Un rumore secco.

La Vespa vola via, come un cavallo imbizzarrito.

Forse un secondo colpo, ma non vedo più niente.

Il futuro è solo buio.

E silenzio.

GLOSSARIO

Arbanella: barattolo di vetro.
Belìn, belino: cazzo.
Besagnino: verduraio.
Bicellata: colpo d'unghia tipico di giochi come le biglie.
Bratta: fango.
Bulacco: secchio.
Buliccio: checca, finocchio.
Camallo: scaricatore del porto.
Cappon magro: piatto ligure a base di pesce, crostacei, uova e verdure arrangiate su una base di gallette.
Cima: piatto tipico genovese, costituito da una tasca di carne di pancia di vitello ricucita a mano e bollita a lungo, farcita con animella, cervella, testicoli, polpa di vitello, schienale, uova, funghi secchi, piselli, pinoli, formaggio parmigiano, burro, aglio, maggiorana e spezie (in particolare noce moscata).
Crosa: tipica strada suburbana lastricata a mattoni.
Fiammenghilla: fiamminga, piatto ovale.
Foresto: forestiero.
Freguggia: briciola.
Gianchetti (o *bianchetti*): novellame di pesce azzurro, per lo più acciughe e sardine.
Inandiare: imbastire, arrangiare.
Loffo: loffio, molle, frollo.
Lùvego: umido e scuro.
Manimàn: nel caso che; non si sa mai.

Patéca: anguria.
Patiscìmini: permaloso, suscettibile.
Rantegoso: di persona o voce con il raschio alla gola.
Rebìgo: labirinto, percorso tortuoso.
Recanto: angolo, canto.
Rossetti: minuscoli pesci che vivono in branchi, presenti nel Mediterraneo e nell'Atlantico.
Rumenta: spazzatura.
Rumentaio: deposito o luogo ingombro di spazzatura.
Scagno: fondo, magazzino.
Spantegare: diffondere, effondere.
Testaroli: piatto di pasta fresca originario della Lunigiana.

RINGRAZIAMENTI

Elena Fiorini, che ha messo finalmente ordine nelle vicende giudiziarie di Bacci Pagano.

Enrico Pignone, con cui ho condiviso la passione di una battaglia civile, per i riferimenti tecnici, legislativi e soprattutto per le indicazioni politiche.

Luca Borzani, con cui abbiamo cominciato a ragionare di passato e futuro, per i preziosi suggerimenti letterari e non solo.

Magda Esposito e Giorgio Giacomini per la loro generosità, e per avermi ospitato nella casa di Monte Marcello, dove ho scritto gran parte del romanzo, con vista *ad libitum* sulle Alpi Apuane e sulle isole della Palmaria e del Tino, provvidenziale rifugio in un momento terribile per chi mi stava vicino.

Stefano Tettamanti, prima amico e poi custode attento dei miei libri.

Tutte le donne e gli uomini di Garzanti, che continuano a crederci.

Infine Arianna, che ha letto con attenzione e suggerito con intelligenza.

Finito di stampare nel mese di novembre 2013
da Grafica Veneta s.p.a., Trebaseleghe (PD)